동학소년과 녹두꽃

동학 소년과 녹두꽃

청소년 성장소설 십대들의 힐링캠프, 조선시대(동학혁명)

[십대들의 힐링캠프®] 시리즈 NO.33

지은이 ㅣ 이마리
발행인 ㅣ 김경아

2021년 7월 3일 1판 1쇄 인쇄
2021년 7월 10일 1판 1쇄 발행

이 책을 만든 사람들
책임 기획 ㅣ 김경아
기획 ㅣ 김효정
북 디자인 ㅣ KHJ북디자인
표지 삽화 ㅣ 발라
교정 교열 ㅣ 김경미
경영 지원 ㅣ 홍종남

이 책을 함께 만든 사람들
종이 ㅣ 제이피씨 정동수・정충엽
제작 및 인쇄 ㅣ 천일문화사 유재상

청소년 기획위원
정가인, 양태훈, 양재욱

펴낸곳 ㅣ 행복한나무
출판등록 ㅣ 2007년 3월 7일. 제 2007-5호
주소 ㅣ 경기도 남양주시 도농로 34, 부영e그린타운 301동 301호(다산동)
전화 ㅣ 02) 322-3856 팩스 ㅣ 02) 322-3857
홈페이지 ㅣ www.ihappytree.com
도서 문의(출판사 e-mail) ㅣ e21chope@daum.net
내용 문의(지은이 블로그) ㅣ https://m.blog.naver.com/malhyalee
※ 이 책을 읽다가 궁금한 점이 있을 때는 지은이 e-mail을 이용해 주세요.

ⓒ 이마리, 2021
ISBN 979-11-88758-34-0
"행복한나무" 도서번호 : 135

동학소년과 녹두꽃

| 이마리 지음 |

행복한
나무

차례

주요 등장인물

- **해골**　　　일제 강점기에 연구용으로 진도에서 일본으로 반출된 해골에서
　　　　　　　이야기가 시작된다.

- **춘석**　　　주인공 춘석은 홍을 무척 사랑하지만, 사랑과 혁명은 병행할 수
　　　　　　　없다는 그녀의 사상에 절망한다.

- **홍**　　　아이들과 여성에게 가르치는 서학과 천주학이 나라를 살린다고
　　　　　　　믿는 강인하고 진취적인 계몽주의자.

- **하린**　　　서학과 불란서(프랑스) 선교사들의 교리도 함께 전하는 학당의 정
　　　　　　　열적인 남선생.

- **형**　　　불란서 혁명(프랑스 혁명) 사상에 깊이 빠져 있는 지식인.

- **뱃사공 돌배**　두뇌 회전이 빠른 가난한 뱃사공.

- **관졸 천수**　관아에서 곡식 창고를 경호하는 관졸.

- **김개남 장군**　성질이 불같고 용맹스러우며, 단순하고 뒤끝 없는 봉건 개혁주의
　　　　　　　자이자 왕정 개혁까지 꿈꾸던 혁명가.

- **마석 영감**　평생 곧고 바른길을 가르치는 꼿꼿한 훈장.

그 외 진도 주둔 사령관, 관군 토벌 대장, 일본군 대장 등이 있음.

너는 해골이다

상자를 부스럭거리며 열다 누군가가 비명을 질렀다.

"윽, 이 묵은 먼지! 귀신 나오겠스므니다."

매캐한 먼지 냄새에 너는 진저리를 쳤다. 그렇다면 네가 여태 살아 있는 게 분명했다.

"그래도 우리 덕에 백여 년을 안 썩고 건재한 게 아니므니까?"

'맞다. 죽음의 강을 건너 저승 문턱까지 갔었지.'

그러나 저승사자가 막아섰다. 이승에 몸통을 남겨 둔 채 해골만으로 는 저승문을 통과할 수 없단다. 옥신각신하다 죽음의 자격에서 미달된 통보를 받은 순간, 너는 이승 어딘가로 추락하고 말았다.

칼을 맞은 후 기억은 이게 전부다. 그러나 곧 그 기억을 난도질하듯

말 화살이 날아들었다.

"은퇴한 후 교수님 서고에서 발견된 것이므니다."

"그러게 무라카미 교수도 뭘 얻자고 이런 쓸데없는 짓을 했스므니까?"

네 머리 위로 쏟아지는 햇살에 눈이 부셨다. 창가 멀리 '북해도 대학 문학부 인류학과'라는 팻말이 반짝였다. 홍이 몇 마디 가르쳐 준 일본 말 덕분에 글이 보이고 말이 들리는 게 다행이었다. 너의 온 신경은 그들의 대화에 가 있다.

그 교수는 '식민지 수탈을 위한 인종적 뒷받침'이란 연구에 몰두했다. 인류학 연구를 위한 다양한 민족의 유골 수집 왕이기도 했다. 누군가가 네 두개골에 쓰인 글자를 더듬거려 읽는다.

"동 농 조 수 수급(싸움터에서 베어 얻은 적군의 머리)."

그들은 서로 고개를 갸웃거리며 웅성거린다. 그건 암호 같기도 하고 오랜 세월 해풍에 지워진 글자 같기도 하다며 서로 숙덕인다. 오직 너에게 들리는 건 '수급'이라는 단어뿐이건만. 그 순간 익숙한 노랫가락이 머릿속을 맴돌며 떠다닌다.

새야 새야 파랑새야
녹두밭에 앉지 마라
녹두꽃이 떨어지면
청포장수 울고 간다

새야 새야 파랑새야

우리 논에 앉지 마라

새야 새야 파랑새야

우리 밭에 앉지 마라.

도대체 이건 무슨 노래일까. 진도 앞바다에서 함께 뒹굴던 혼령들의
비통한 곡소리, 아니면 남원 대장간 뒤 대숲 속에 일던 바람 소리일 게
다. 그래, 사철 시퍼런 댓잎들의 서걱거림 사이로 태곳적 전설을 전해
주던 그 사연들. 너는 어느새 환희에 휩싸여 그때를 더듬는다.

네가 해골이 되어 일본 배로 끌려올 때가 생생하다. 한참 동안 뱃고
동 소리, 기관 소리만 들으며 암흑에 갇혀 있었다. 얼마 후 싸한 바닷바

람 내음이 풍기더니, 일본에 다 왔다며 너를 꺼내 어디론가 데려갔다. 거기서 퀴퀴한 살냄새가 코를 찔렀다. 그리고 누군가가 너를 건네주며 명령했다.

"여기 저장한 아이누족(현재 일본 홋카이도 및 사할린섬, 쿠릴 열도에 살고 있는 한 종족) 해골들과 철저히 분리해 넣도록 해."

잠깐 상자 밖으로 나온 너는 몸서리쳤다. 희뿌연 해골들이 즐비하게 널려 있는 사이로 사람들 목소리가 헤엄치듯 떠다녔다.

"그때 그 용맹하던 사무라이가 아이누족 지역을 점령했을 때 조선까지 밀고 나갔어야 했스므니다."

"맞아요. 조선까지 모조리 식민지로 만들었어야 했스므니다."

"그때야말로 우리 일본의 황금기가 시작되었던 때가 아니므니까."

동학 소년과 녹두꽃

그들은 네 두개골을 이리저리 돌려 자로 쟀다. 그들은 줄자를 들고 지휘하는 남자를 '두개골 비교 인류학 교수'라고 불렀다. 너는 그의 비하하는 듯 진지한 표정을 여태 잊을 수 없다.

'그런데 나는 왜 여태 살아 떠도는 거지?'

사실 지금쯤 네 몸뚱어리는 썩고 썩어 벌써 한 줌 모래가 되었어야 했다. 아니지, 바람에 쓸리고 물살에 밀려 흔적도 없이 사라졌어야 했다.

아, 그런데도 이런 느낌은 또 뭘까? 살아 있다는 안도감 같은 것. 진도 앞바다의 짭조름한 바람이 코끝을 간지럽힌다. 검고 푸른 물살이 휘돌더니 흰 거품을 만들어 내는 울돌목이다. 그 물살에 휘감기는 적의 돛대가 물속으로 기울어지고 스러져 간다.

목이 터져라 환호성을 내질렀다. 그러나 소리가 진공 속을 배회하듯 소리가 되어 나오지 않는다. 너는 맥이 빠져 털썩 주저앉았다. 누군가가 말했다.

"지긋하게 질긴 명줄을 타고난 놈 아니므니까. 세월이 흘렀으니 이제 조선으로 돌려줍시다. 우리는 승자 아니므니까."

너는 숨을 죽였다. 아, 여긴 진도도 울돌목도 아니구나. 너는 죽은 듯 숨을 내쉬었다. 지금 이 야만인들 앞에서 죽은 척해야만 살 수 있다.

질긴 명줄, 조선이라는 말이 네 감각의 연줄을 팽팽히 당겼다. 너는 왜 죽지 못했을까. 무엇을 위해 이토록 비천하게 살아 있느냐. 백 년도 넘는 긴 세월을 암흑에 갇혀서 말이다.

'그래도 이제 꿈에서나마 그리던 조선으로 돌아갈 수 있을지도 몰라.'

갑자기 기쁨이 치솟는다. 홍을 만난다는 사실에 오싹하기까지 하다.

"우리 일본 사라므니까 이렇게 잘 보존했다 아니므니까."

너는 마음을 가다듬었다.

'그렇다, 나는 지금 살아 있는 거다.'

하얀 면장갑을 낀 손이 덥석 네 턱을 들어 올렸다. 너는 잠깐 빛 속으로 나왔다. 칠흑 같은 엄마 배 속에서 처음 세상 밖으로 나왔을 때도 이랬을 테지. 너는 환한 빛을 보았다. 아니 한 가닥 희망을 보았다.

"나는 살아 있다!"라고 천하에 고하고 싶었다. 턱을 움직여 소리를 질러 댔다. 그러나 소리는 죽었고 턱뼈는 표본실의 해골처럼 정지해 버렸다.

힐끗 주위를 돌아보았다. 모여 선 젊은이들은 긴장한 얼굴이었다.

아니, 흥미진진한 표정도 있었다. 네 존재 때문인지 네가 움찔한 것 때문인지는 알 도리가 없었다. 단지 그들이 너에게 집중하고 있다는 것 하나만은 분명했다. 그때 저승사자 같은 이상한 검정 옷들이 숙덕거렸다.

"이 해골이 북조선 사람 거인지 강코쿠노 거인지 모르겠스므니다."

너는 순간 조선이 한국으로 바뀌고 새 세상이 왔음을 직감했다. 처음 네가 저승 문턱에서 쫓겨났을 때 저승사자들 검은색 옷은 자루처럼 벙벙했다. 그런데 지금 이들 의상은 온몸에 짝 달라붙는 검정 일색이었다. 수염이 덥수룩한 데다 머리털은 강력 풀로 짓이긴 듯 뾰족 치솟았다. 코뚜레나 귀걸이를 달고 팔과 등에 문신이 화려했다. 너는 고개를 끄덕였다.

'이제 저승사자도 분명 저렇게 바뀌었을 거여.'

그때 누군가의 시선이 느껴졌다. "앗, 홍이다!"라고 비명을 지르는 순간 소녀가 돌아보았다. 머리를 한 갈래로 묶은 소녀는 홍이 아니었다. 유난스레 덧니가 돌출한 소녀가 널 찬찬히 들여다보았다. 너는 멋쩍어 쩔쩔맸다.

소녀는 너를 다시 어둠 속에 넣었다. 찍찍이 테이프가 상자를 칭칭 감았다. 너는 갇히며 몸부림쳤으나 털끝만큼도 움직일 수 없었다. 그나마 소리가 들리는 게 기적이었다.

얼마 후 삿포로 비행장이라는 소리가 들렸다. 그리고 덧니소녀가 너를 내려놓았다. 누군가가 상자를 받으며 말했다.

"참 잘했스므니다. 이제 해골이나마 강코쿠노 본국으로 송환해 주는 것이 잘한 일 아니겠스므니까."

"잘 가요. 행운을 빌겠스므니다."

덧니소녀 목소리와 함께 쇠문이 철컥 닫혔다. 그리고 쇠판을 울리는 발자국 소리도 멀어져 갔다.

이제 너는 인류학과 연구실의 상자 속보다 더 깊고 참혹한 어둠에 갇혔다. 온통 비행을 재촉하는 기계 소리만 윙윙거렸다. 기체가 쉭쉭거리면서 그 소리는 점점 거친 바람 소리로 변했다. 벌써 진도 갯벌의 비릿한 쇠 비린내가 쓸려 왔다. 너는 코를 킁킁거리며 눈을 감았다.

'그래, 진도에서 일본으로 내 수급이 끌려올 때 배에서 들리던 소리였어.'

기체가 덜컹 상승하기 시작했다. 너는 어느새 그 소리 속으로 빨려 들어갔다.

"춘석이, 꼭 돌아와야 돼!"

홍의 목소리가 들려온다. 가슴이 터질 듯 반갑다. 너는 그 소리를 쫓아 달리기 시작했다. 백 년 전 속으로.

1.
뱃사공 돌배

'보고픈 홍아, 이제 진주 전투가 다 끝났다. 우린 곧 만날 거여.'

너는 맘이 급해 내리 달린다. 한참 달리다 보니 홍의 흔들리는 무명 치맛자락이 얼핏 보인다. 손을 내밀어 잡으려 하니 멀리 사라져 버린다. 환히 웃는 복사꽃 뺨도 나타났다 사라지고 사라졌다 나타난다.

너는 눈을 부비며 중얼거린다. 아직 지리산도 못 넘어 남원이 까마득한데 헛것을 본 거라면서. 눈을 드니 물 냄새가 찹찹하다. 어쩌면 섬진강이 가까워져 온 듯하다.

이제 발걸음이 더 빨라진다. 젖 먹던 힘까지 다해 달린다. 산이 달리고 들이 달리고 강줄기가 쫓아 달린다. 그 위로 방긋 웃는 말간 홍 얼굴도 스쳐 간다. 그때 갑자기 헉헉대는 소리가 너를 깨운다.

"급한 건 나여. 그런데 춘석이가 왜 그리 벌썬 놈처럼 서두르는 거여?"

흠칫 놀라 돌아보니 돌배다. 너는 화들짝 정신이 돌아온다.

'내 정신 좀 봐. 진주 싸움 후 남원으로 돌아가는 길이었지.'

주위를 돌아본다. 굽이쳐 유유히 달리는 섬진강이 보인다. 강물이 대낮 햇살에 통통 튀는 은어 비늘처럼 반짝인다. 그 찬란한 물살 속으로 깊이 자맥질해 가면 무엇이 보일까.

맨 처음 남원 대장간을 떠날 때가 떠올랐다. 홍과 헤어져 급히 진주로 향하던 길이었다. 그곳에서는 이곳저곳 천민과 백정들 반란이 기세를 떨치기 시작하고 있었다.

그때 너는 전국에서 달려온 남자들을 따라 앞서거니 뒤서거니 걸었다. 그러다 진주 남강 입구에서 만난 농민군에 섞였고 흰옷 입은 무리를 따라 한참을 걸었다. 모두 죽창이나 농기구를 하나씩 어깨에 메고 있었다. 사람들은 말없이 뭔가 중요한 일을 향해 가는 듯 심각한 얼굴들이었다. 하지만 어찌 보면 밭일하러 동원된 장정들 같기도 했다. 뒤에 오던 남자가 말했다.

"나는 나주 오일장에 들렀다 보부상에게 소문을 들었어요. 거기도 그렇게 온 거요?"

너는 남자를 돌아보았다.

"저요?"

"놀래라. 아직 솜털이 보송하게 앳된데 덩치가 장난이 아니네. 어린 총각도 여기 쌈판에 온 거야?"

너는 멋쩍어 얼굴이 붉어졌다. 옆의 남자가 말했다.

"이 보소. 우리 고을 동학 싸움 때는 열세 살짜리도 함께 싸웠어요. 우리보다 민첩한 게 훨씬 나았지. 나라가 이렇게 위태로운데 어른 아이 따질 일이 어디 있겠소."

"물론이죠. 난리 때 푸른 깃발 흔들면서 바람 잡는 깃발소년도 모두 어리디 어린 소년들 아닌가요?"

"맞아요. 이 삼남 지방(충청도, 전라도, 경상도)에서 선봉장으로 선 그 소년들이 동학 싸움하다 잡혀가기 다반사랍디다. 내 막내 자식뻘밖에 안 된 아이들이."

사람들이 한숨을 쉬고 혀를 찼다. 언제나 편한 세상 맞아 발 뻗고 밥 한 그릇 먹어 볼까 숙덕였다. 그때 죽창을 멘 진한 갈색 얼굴의 사내가 나섰다.

"우리 영산포구까지 소문이 돌았지요. 이번에 진주 관아 공격이 대판거리 있을 거라던데요."

그때서야 너는 농민들이 어깨에 멘 농기구가 무기였음을 알았다.

"그렇다면 싸우는 거 아니어요?"

따라오던 아재도 눈이 휘둥그레져 중얼거렸다.

"공격이라면 전쟁하는 거 아닌가요? 나는 그냥 무슨 운동인가 하고 왔는데요."

죽창을 멘 갈색 얼굴의 남자가 힐끗 너를 곁눈질했다.

"아직 햇병아리라. 좋아, 좋아. 전쟁은 풋풋한 피를 좋아한다고!"

넌 얼굴이 후끈거렸다. 쌈질하러 온 게 아니라고 그 인간에게 대들고 싶었다. 천민 운동이 있다 해서 그냥 달려왔을 뿐이었다. 어려서부터 귀가 닳도록 들은 아버지 말이 떠올랐다.

'춘석아, 우리 백정은 무슨 일이 있어도 쌈질은 안 된다. 그저 죽지만 않도록 얻어맞는 거여. 양반에게 대드느니 차라리 죽음을 택해야 혀.'

갈색 얼굴이 네 팔을 탁 쳤다.

"쌈질하면 어때. 이건 동학에서 인정한 싸움이라고. 한밑천 챙겨 가면 그만이여."

갈색 얼굴이 대열 뒤로 처지더니 슬그머니 네 손을 잡아끌었다. 그는 한참 더 멀리 빠지더니 죽창을 휘둘렀다.

"이렇게 휙 휙 휘두르는 거다. 아차, 하면 앞으로, 위에서 아래로 찌르면 되는 거여. 이렇게."

너는 날렵한 그의 무술을 멍하니 바라보았다. 갈색 얼굴이 갑자기 어깨에 멨던 짧은 죽창을 던지며 소리쳤다.

"자, 받아라. 쌈판에 나가는 놈이 무기도 없이 나왔어?"

너는 엉겁결에 죽창을 잡았다.

"엇쭈 제법 날쌘 게 쓸 만한 놈이군."

너는 날카로운 죽창 끝을 노려보았다. 가만히 창끝을 손으로 쓸어도 보았다. 매끄럽고 차가운 대의 감촉에 허파가 서늘했다. 너도 모르게 부르르 몸을 떨자 갈색 얼굴이 말했다.

"동학 싸움에는 죽창이여. 이만한 무기가 없지."

그가 멀어지자 너는 중얼거렸다.

"동학 싸움을 하면 뭐가 좋다고."

그가 알아듣고 네 옆으로 다가왔다. 그리고 은근히 속삭였다.

"정말 몰라서 묻는 거야? 그게 창호지에 떨어뜨린 피처럼 번지고 있어. 이 삼남 지방에 말이여. 동학은 찌들어 사는 천민을 구해 주는 교리를 따르는 종교라는데 우리 같은 상것들은 그저 교리고 뭐고 먹고살게만 해 주면 최고지."

대열에서 뒤로 빠진 두어 명도 손뼉을 쳤다.

"맞다, 맞아."

갈색 얼굴이 말했다.

"정신 차려. 그러니 여기까지 온 이상 우리는 동학 귀신이 되어야 하는 거다."

"동학 귀신이요?"

너는 흠칫 몸을 떨었다.

"왜 그런 말이 나왔는지 몰라서 물어? 동학군이 귀신처럼 잘 싸워서 동학 귀신이다. 나라를 앞세워 천민의 피를 빨아먹는 지방 부호들을 단호히 처단해야 해."

"그러면 우리가 운동을 하는 게 아니라 난리를 일으키는 거여요?"

"운동이라니 순진하기는. 백성들 살을 바르고 뼈를 깎듯 수탈해 가는 아전들을 봐라. 그런 놈들 박살 내어 우리 목구멍에 풀칠하는 게 목표다. 내 처자식이 옆에서 굶어 죽어 가는데 보고만 있을 거야?"

"아."

"그나저나 멍 때리는 순둥이 이름은 뭐여?"

"춘석이여요. 아재는요?"

"돌배. 영산포구 뱃사공 돌배다."

"앗, 영산포구요?"

"그곳을 잘 아는구나!"

"……."

갑자기 칼 '궁'이 떠올랐지만 다음 순간 입을 다물었다. 남원에 온 어사가 홍이네 대장간에서 영산포구로 가지고 갔던 칼 '궁'이 궁금했다. 영산포구를 지키는 친구 장수에게 왜구를 무찌를 칼이 필요하다고 했었다.

그래도 아직 칼 이야기는 숨겨 두고 싶었다. 그렇지 않으면 생명처럼 아껴 둔 홍이 자꾸 들춰질 게 분명했다. 홍을 가슴속 한구석에 넣어 두고 너만 친구 했으면 정말 좋을 텐데 말이다.

그런데도 너는 계속 떠드는 돌배 아재가 존경스러웠다. 네가 갖지 못한 활달함과 용맹성이 한없이 부러웠다. 입심이 좀 질퍽한 사람이라 구구절절 양반 욕 타령이긴 했다. 가난을 모르는 잘사는 놈은 조선 놈 자격이 없다면서 떠들어 댔다.

그의 고향 영산포에서 거둔 곡식세를 저장하던 영산창이 있다고 했다. 그 곡식세 창고를 영광 법성창으로 옮겼다며 입에 거품을 물고 나라 욕을 해댔다. 이제 영산창은 귀신이 출몰할 듯 텅 비어 갔고, 영산포구도 사람들 왕래가 끊겨 죽은 포구가 되었다.

"나라 맘대로 천민의 밥그릇 빼앗는 일을 함부로 해도 되냐 말이다!"

돌배도 이제는 빈 포구에서 나룻배 손님을 기다리다 지쳤다. 그래도 어릴 적부터 아버지를 따라다니며 배운 것이라곤 배를 띄우는 것뿐이었다.

그때쯤 돌배의 임신한 마누라 배가 불러 오기 시작했다. 하룻밤 자고 나면 물오른 수박처럼 쑥쑥 커져 갔다. 그런 마누라를 먹여 살린 건 일본 사람들이 던져 주는 뱃삯이었다.

"나주로 물건을 사고팔러 오는 일본 사람을 영산포에서 날라 주는 놈은 나밖에 안 남았었어."

너는 자꾸만 돌배가 우러러보였다. 입에 거품을 물고 나라 욕을 하는 사람이 가족을 챙기는 게 신통하기만 했다. 갑자기 네 아버지가 떠올랐다. 무시를 당해도 얻어맞아도 죽은 듯 받아들이기만 하던 분. 아버지를 닮아 말 한마디 거절 못하는 너도 참 서러운 아이다. 너는 용기를 내어 물었다.

"삼도가 이리 난리 속인데 영산포구에 일본 장사꾼들이 올까요?"

"그래서 여기 온 거여. 입에 풀칠하려고 여기저기 싸움판은 다 쫓아다니지."

"일본 사람은 뭘 사 갔대요?"

"쌀이나 콩을 엄청 싸게 사 갔지. 대신에 성냥, 석유, 면직물을 가져와 비싸게 팔았고. 조선과 일본 간의 조약 때문이었대. 울며 겨자 먹기로 나주 사람들은 장사를 했지. 그나마 귀한 물건을 얻으려고 줄을 섰어. 그런 일본 장사치들은 자기들을 건네주는 사공한테는 후하게 돈을 뿌렸어. 나 아니면 나주까지 갈 방법이 없었다니까. 그들 덕에 나는 쾌재를 불렀어."

"왜구들 덕에요?"

그러자 돌배가 꽥 소리쳤다.

"왜, 일본 상인 좀 나룻배로 건네주면 어디 덧나나? 그 덕에 우리가 죽지 않고 살았어."

너는 모든 게 혼란스러웠다. 왜구를 막아야 한다고 칼 '궁'을 어렵게 영산포구로 가져간 장수가 있는가 하면, 왜구 덕에 살아난 사람도 있다니 말이다.

"사실은 그 포구에 남원 최고의 명검이 있어요. 그 칼이면 왜놈들도 무서워 뭍으로 못 올라올 거라던데요."

그 말을 듣는 돌배의 눈이 반짝였다.

"영산포구에 명검이?"

"'궁'이라고 조정에서도 탐내는 칼이었어요."

그는 생각을 바꾼 듯 말했다.

"어쨌거나 내 나룻배로 일본 사람 꽤나 건네주었다는 사실은 알아

두라고!"

　그때 뒤에서 인기척이 났다. 누군가가 속삭였다.

　"쉿, 김개남 장군이시다."

2.

형

"이 나쁜 놈! 아무리 그러기로 일본 놈을 조선 배에 태워 줬단 말인고?"

모두 뒤를 돌아보았다. 남강으로 가는 길에 선봉에 섰던 기골이 장대한 분이 그곳에 서 있었다. 그들 이야기를 들은 듯 그분의 숯 검댕이 눈썹과 시커먼 턱수염이 실룩거렸다.

김개남 장군은 서슬이 퍼런 게 겨울 대쪽보다 단단하고 푸르렀다. 돌배도 옆 사람들도 쥐 죽은 듯 입을 다물었다. 털북숭이 얼굴 사이로 그분의 두 눈동자만 불타듯 강렬했다.

"관에서 일본군을 풀어 우리 동학군 잡으려고 미친 듯 캐고 다니고 있다."

장군은 이 잡듯 주위를 쏘아보았다.

"정신들 똑바로 챙겨라. 동학이 살면 나라가 살고, 동학이 죽으면 나라가 죽는다! 이 나라가 죽으면 어찌 되겠나?"

장군이 너를 쏘아보며 소리쳤다.

"너 어린놈이 대답해라!"

너는 이마에 진땀을 흘리며 외쳤다.

"왜놈에게 당장 먹힐 거여요."

김 장군이 껄껄 웃었다. 그러고는 흰 두건을 풀어 네 이마의 진땀을 닦아 주었다. 모두 고개를 숙인 채 이마에 주름을 지어 너와 김 장군을 바라보았다.

"역시 어린놈이라 머리가 잘 돌아가네. 계속 그렇게 동학에 참여하면 되느니라."

장군이 사람들 사이를 지나가다 돌아섰다.

"어린놈 이름이 뭐냐?"

"춘석이라고 합니다."

"이름 좋다, 좋아."

"어느 고을 출신이냐?"

"남원입니다."

너는 엉겁결에 대답하고 후회했다. 이제 더 이상 남원이 네 고향은 아니다. 부모님도 이제 더 이상 그곳에 계시지 않으니 고향 없는 떠돌이가 맞다. 그러나 기다리는 홍이 있으니 남원이 고향일 수도 있다. 그렇게 혼자 생각하니 얼굴이 붉어졌다. 거짓말을 한 것도 아닌데 이상한 일이다.

장군이 고개를 끄덕이며 지나가자 모두 길을 터 줬다. 고개를 숙인 채 농민군들이 수군거렸다.

"와, 어린놈 한턱내라. 너에게 장군이 눈도장 꾹 찍었어."

"피에 굶주린 이리 같은 분이라더니 무섭긴 무섭게 생기셨어."

"맞다. 살인귀라더니 전 장군과는 또 다르네."

"재산이 많은데도 우리 같은 천민을 위해 싸우시니 양반과는 상극이래요."

돌배가 네 옆구리를 찌르며 투덜거렸다.

"쳇, 나룻배에 곰팡이가 슬 지경인데. 살고 봐야지, 안 그래?"

장군이 쳐다보는 듯해 돌배는 얼른 고개를 숙였다. 그러다 잠시 후 고개를 쳐들었다.

"일본 행상이 주고 간 엽전을 처자에게 던져 주고 왔어. 굶지는 않을 것이야. 히히."

그것이 돌배의 영산포 마지막 뱃일이 되었다.

동학 농민군들은 걸으면서도 계속 떠들어 댔다. 함양, 밀양, 광양, 순천에서도 삶의 터전을 잃은 백성들이 부지기수로 굶은 채 길가나 구덩이에 나뒹굴었다. 광양에서 왔다는 한 농부가 울분을 터뜨리며 폭로했다.

"내가 이번에 아들 녀석을 낳았어요. 세상에, 눈도 못 떠 사흘 된 어린 피붙이에게도 군역을 물립디다."

농민들이 죽창을 높이 들며 으르렁거렸다.

"우리의 고혈을 짜내어 고관대작 배만 불리는 놈들을 소탕하자!"

외치는 사람들 사이로 장군이 나섰다. 그는 팔을 들어 올리더니 윗저고리 안주머니에서 종이 한 장을 꺼냈다. 그의 얼굴이 벌겋게 달아올랐다. 석양 탓만은 아닌 듯 팔뚝의 돌덩이 근육까지 피를 토하듯 붉게 빛났다.

"어린 피붙이에게까지 물리는 군역이 누구에게 가겠는가? 그래서 우리는 봉기하는 것이다. 오죽하면 강진에 유배 오신 정 대감이 이런 시를 쓰셨을까. '애절양'이라는 시 한번 들어 보소."

성났던 농민들이 그의 기세에 다소곳해졌다. 더러는 장군 주위로 모여들고 더러는 흙바닥에 주저앉았다.

시아버지 돌아가셔 상복 벗은 지 오래고
갓난아기 배냇물도 마르지 않았는데,
조, 부, 자 삼대의 이름이 군적에 올랐네!

농민군들은 침을 꿀꺽 삼켰다. 모두의 얼굴이 벌겋게 달아올랐다. 장군이 한 번 더 돌아보며 계속 읊어 나갔다. 다산 정약용의 한시였다.

그 지아비 몰던 소를 아전이 빼앗아 가

지아비 칼을 뽑아 양경(남자의 외부 생식기)을 스스로 자르며

내가 이것 때문에 곤욕을 당한다 하네.

농민의 아내 피 뚝뚝 떨어지는 남편 양경 들고

울부짖으며 관청에 호소해도

문지기가 나서서 막아 버리더라.

농민군들은 넋이 나간 듯 멍했다. 남강의 핏빛 낙조가 그들 마음을 참담하게 할퀴고 있었다. 그들은 아리는 가슴을 쥐어짜며 절규했다. 그들을 둘러본 장군이 소리쳤다.

"정신들 똑바로 차려라. 가난에 굶주린 우리에게 한 치의 후퇴도 없다. 내일 새벽 이곳 관아를 습격한다. 공격 시간까지 절대 정신 줄을 놓아서는 안 된다. 기밀이 새어 나갈 시 관군의 선제공격이 있을지 모른다. 설마 졸더라도 죽창은 반드시 옆에 끼고 졸아라. 죽창은 우리의 생명 줄!"

"우우! 죽창!"

어떻게 알고 준비해 왔는지 농민군 손마다 죽창이 거의 다 들려 있었다. 모두 죽창을 들어 올려 화답했다. 길고 짧은 검푸른 죽창의 함성이 날카로운 살기를 떨치며 퍼져 갔다.

그중 한 장정이 너에게 죽창을 건네주었다.

"이 정도는 들어야 자네 체격에 어울리네."

너는 얼떨결에 그것을 받아 들면서 장정을 올려다보았다. 한눈에도 인물이 훤칠한 게 양반 자제인 듯 기품이 서려 보였다. 또렷한 눈썹에 오뚝한 콧날 하며 미끈한 피부가 이런 전쟁에 참여하는 게 아까울 정도였다. 돌배도 힐끗 돌아보며 한마디 던졌다.

"형씨는 집이 어디요? 여기서 가까운 모양이네. 그런 긴 창까지 지고 온 걸 보니 말이요."

아니나 다를까 돌배가 준 옆구리에 낀 짧은 죽창과는 영 때깔이 달랐다. 길이가 어깨까지 길게 뻗은 시퍼런 죽창은 살기가 등등했다. 창 끝 부분만 누르스름하게 불에 그슬린 게 남달라 보였다. 너는 감탄해 소리쳤다.

"와, 총보다 몇 배 멋지다!"

돌배가 끼어들었다.

"네가 총을 알기나 하고 하는 소리여? 그건 그렇고 인물이 훤한 형씨는 어찌 이 전쟁에 나왔대요?"

장정은 고개를 떨어뜨리며 별로 말을 하고 싶지 않은 기색을 보였다. 돌배가 말도 안 하고 도도한 게 인물값 하느냐며 툴툴거렸다. 장정은 말없이 앉아서 어두워지는 강가를 바라보았다.

물가에 석양이 번지면서 금세 시커먼 그림자가 짙게 드리웠다. 가을 추위가 점점 짙게 스며들었다. 집을 떠난 그들에겐 더 으스스한 한기가 느껴졌다. 그나마 강 다리가 바람을 막아 준다며 모두 다리 아래로 진을 치라고 했다.

너도 어스름해지는 강물을 바라보자 홍 생각에 가슴이 저렸다. 어서 싸움에 이겨서 홍을 찾아 돌아가야 한다. 그런 생각을 하며 장정 옆으로 가 앉았다. 커다란 눈동자가 왠지 모르게 슬퍼 보였다. 너는 조용히 물었다.

"아까 통 말이 없으시던데 여기 오기 전 무슨 일이 있으셨어요?"

그의 입이 한참 만에 열렸다.

"응, 자네만 한 동생을 잃었어. 총명하고 똑똑한 아이였지. 나이는 열여섯."

"아, 저도 열여섯이어요."

"같은 나이구나. 동학 싸움에 나갔다가 어린 동생이 일본군에게 잡혀갔어. 그때 잡힌 동학군들을 전원 말살시키라는 명령이 일본에서 내려왔다는 거야. 놈들은 수십 구의 가담 동학군 시신을 불태워 버렸어. 그때 동생과 다섯 명의 고을 젊은이들도 함께. 그리고 마을에 불을 질렀어. 씨를 말려야 일본 사람들에게 복수를 할 수 없을 거라면서."

장정의 부모님은 일본군에게 사정을 했단다. 어린아이이니 제발 시신이라도 돌려 달라고. 일본군은 어린아이의 기름은 불에 더 잘 탄다고 낄낄거리며 돌려주기를 거절했다.

"부모님은요?"

"다행히 부모님은 피신을 가시면서 성을 바꾸셨어. 끝까지 추격하는 일본군을 피하기 위함이었지."

장정의 아버지는 관직에 있었으나 불의와 부당한 세에 대해 상소를 하다 관직을 박탈당했다. 고을에 학당을 열어 사람들에게 글을 가르치고 조선 밖 세상에 대해 이야기해 주었다. 관에서는 장정의 부모님을 저항하는 양반 축에 넣어 계속 괴롭히고 눈엣가시처럼 여겼다.

　　"그때 어린 동생이 부모님 몰래 동학군에 가담했던 거였어. 동생은 불란서 혁명(프랑스 혁명) 사상에 엄청 심취해 있었지. 인간은 평등과 자유로울 권리를 가지고 태어났기에 탄압받는 백성을 군주의 폭정에서 해방시켜야 한다고 했어."

　　"아, 해방 그리고 인간의 자유와 평등."

　　너는 처음 듣는 이런 이야기에 가슴이 뜨거워졌다. 그러나 장정은 그런 지식을 가지고 있으면서도 조용하고 겸손했다.

　　"이제 더 이상 동생의 목소리를 들을 수도 없고 찾아볼 무덤마저 없다네."

　　"아, 정말 안됐어요."

　　"그 후로 싸움판을 떠돌면 그나마 동생을 잊을 수 있었어. 그러다 동학 운동을 하며 동생의 뜻을 잇고 싶어 이곳까지 흘러왔다네."

　　"힘내셔요. 저도 부모님을 잃었어요."

　　"그래, 우리는 모두 시대의 희생자야. 하지만 우리가 함께하면 시대의 어떤 어려움이라도 극복할 수 있음을 굳게 믿어."

　　"맞습니다. 우리가 함께하면요."

　　너는 중얼거리며 주먹을 움켜쥐었다. 저녁 내내 너는 그에게 너의 아버지의 죽음과 쌓였던 이야기를 다 털어놓으며 밤새도록 가족을 잃은 슬픔을 나누고 한숨을 쉬기도 했다. 그러다 이제 모든 것을 다 잊어 버리고 아픈 가슴을 떨쳐 버리자고 다짐했다. 너희는 서로 형 동생이 되기로 했다. 장정의 이름은 '형'이었다.

"그런데 형은 다시 고향으로 가요?"

"고향은 아니지만 여자가 사는 곳으로. 그게 남은 한 가지 소망이야."

"사랑하는 여자가 있어요?"

그 말을 하고 너는 얼굴을 붉힌다. 사랑하는, 이라는 말을 쓴 데 대해 자신에게 놀란다. 그러나 형은 무슨 말이든 다 들어줄 것만 같다.

"응, 사랑해서 결혼을 약조한 여자가 있어. 그 여자야말로 내가 살아서 돌아갈 유일한 이유지. 너는?"

"잘 모르겠어요. 내가 정말 좋아하는 여자애가 있기는 한데요."

"있긴 한데 잘 안 되는 모양이구나."

"내가 너무 오래 떠돌아다녀 나를 기다리고 있을지 걱정이어요. 그 아이는 시골 아이인데도 꿈이 커요. 내가 그 아이를 좋아하는 것만큼 나를 좋아하는지도 잘 모르겠고요."

"좋아하면 표현을 해야지. 좋아한다고 말해 줘야 하는 거야. 여자들은 그런 걸 원하거든. 속으로만 좋아하면 상대방은 잘 모르지. 그 아이에게 네 마음을 전할 수 있는 방법을 연구해 봐."

"아, 네."

형은 참 아는 것이 많았다. 여자랑 혁명이랑 자유라는 것에 대해서도 말이다. 형 말이 다 옳은 것만 같았다. 형이 알려 준 것처럼 너는 홍을 만나면 사랑한다고 말하리라 다짐했다.

"그런데 이번 싸움이 어서 끝나면 좋겠어요."

"아직 싸움은 시작도 되지 않았는데. 그 여자애가 많이 보고 싶은가 보다."

"그런가 봐요. 그 여자애는 홍이어요."

너는 다시 얼굴이 달아올랐다. 홍 이야기를 누구에게 한 것은 난생처음이었다. 형에게 홍의 복숭아 빛 뺨이랑 너를 빨아들일 것만 같은 샛별 같은 눈동자도 다 말해 주고 싶었다.

"형님, 동학 싸움 때마다 형과 함께하면 좋겠어요."

형은 네 어깨를 어루만졌다.

"형이 있으니 두렵지 않아요. 홍에게 사랑한다고 말할 용기가 생겼어요."

은갈치 비늘 같은 달빛이 남강 물 위를 춤추듯 미끄러져 갔다. 너는 꿈꾸듯 흩어지는 은빛 물살 위에 홍의 얼굴을 그려 보았다.

너희는 이렇게 뜬눈으로 밤을 지새웠다. 너무 추워 잠이 들 수도 없으니 오히려 다행이었다. 서로 붙어 전해지는 가느다란 온기가 외로운 이들을 동지로 묶어 주었다.

그날 새벽달이 이지러질 시각 검은 그림자 몇이 바삐 움직였다.

"쉬쉬. 공격 개시다!"

어두운 그림자가 덩실덩실 춤을 추며 움직였다.

"선봉대장 나가신다! 우리도 나가자."

공격 신호가 달빛 아래 그림자에서 그림자로 전해졌다. 어둠 속에 엎드렸던 흰옷 입은 장정들이 하나둘 기어 나오기 시작했다. 더러는 쓸리는 강물 소리에 놀라 벌떡 선잠을 깨기도 했다. 흰 두건을 쓴 농민군들은 어슴푸레한 새벽 속에 떠도는 유령 떼 같았다.

"형, 어서 와."

"춘석, 조심해라. 이쪽으로."

돌배를 선두로 형이랑 너는 무리에 섞였다. 곧 너희들은 농민군 속에 섞여 어두운 새벽 속을 달리기 시작했다.

3.
관졸 천수

선제공격을 한 수많은 동학 농민군은 파죽지세로 관군을 몰아붙였다. 농민군은 짧고 긴 죽창에 몽둥이나 농기구가 전부였지만 우선 숫자로 우세했다. 얼마 후 이곳저곳에 숨어 있던 관졸들이 튀어나왔다. 그들은 농민군과는 달리 현대식 소총과 쇠창을 지니고 있었지만, 떼로 밀려오는 농민군의 저력을 감당할 수 없었다. 아닌 밤에 홍두깨라고, 그것도 꼭두새벽에 당한 기습 공격에 관군은 추풍낙엽처럼 쓰러졌다.

한바탕 싸움이 있고 난 후, 서쪽 창고에서 관졸 천수가 부스스 깨어났다. 잠들면 떠메 가도 모르는 잠보이지만 치고 박는 소리는 들은 것 같았다. 관아 마당을 내다보며 그는 혀를 내둘렀다.

'앗, 큰일 났다!'

거친 풍랑이 쓸고 간 듯 주위는 잠잠했다. 군데군데 검고 희뜩한 그림자들만 잔해처럼 보였다. 새벽 여명 속에서도 그들이 동학 농민군임을 한눈에 알 수 있었다. 희뜩한 머리띠에 하얀 바지저고리를 보니 틀림없었다.

'총성 한 방 없이 점령당하다니!'

천수는 이를 악물었다. 그는 잠이 많아서 그렇지 더없이 성실한 군졸이었다. 이리저리 고개를 빼 봐도 관졸인 듯싶은 자들은 모두 기둥에 묶여 있거나 옆으로 쓰러져 있었다. 겁이 덜컥 났다.

'어쨌든 곡식 창고를 사수해야 한다. 이곳 농토세가 모조리 여기에 쌓여 있는데.'

관아 마당 구석구석에 쓰러진 관졸의 신음 소리만 들렸다. 그들 옆을 지키는 농민군이 희끗한 유령처럼 서 있었다. 천수도 덩달아 신음 소리가 터져 나왔다.

'으으. 말로만 듣던 동학 귀신들이구나!'

동학군이 귀신처럼 출몰해 부호를 잡아들이고 그들의 곡식을 털어 간다는 소문이 무성하던 참이었다. 의적 홍길동처럼 그것을 가난한 이들에게 나누어 주고 다닌다고 했다. 아직 진주 관아까지는 손길이 안 뻗쳐 안심하고 있었는데. 어쨌거나 관졸 천수가 새벽 불침번을 서다가 잠깐 눈을 붙인 사이에 당한 일이었다. 관아 마당에 어슬렁거리는 검은 그림자들을 보니 기가 찼다.

'이럴 줄 알았으면 총이라도 받아 놓을걸.'

유비무환이라는데 관아에 배정된 총을 챙겨 둘 생각도 안 한 게 큰 실수였다. 그때 누군가가 저벅저벅 창고 쪽으로 걸어왔다. 천수는 허겁지겁 창을 집어 든 채 창고 문 뒤로 몸을 숨겼다. 아직 날이 새지 않은 게 천만다행이었다. 온몸이 사시나무 떨듯 떨렸다.

창을 버리고 살려 달라 항복해 볼까? 아니다, 이래도 죽고 저래도 죽는다. 끝까지 버텨 봐야 한다. 천수는 창대를 꼭 쥔 채 밖을 응시했다.

그때다! 저벅거리며 나타난 장군처럼 보이는 장정이 검은 그림자들 앞으로 나섰다. 그는 주위를 둘러보며 천천히 한 바퀴를 돌았다. 죽창, 몽둥이, 삽, 호미를 든 농민군들의 모습이 돌 그림자처럼 정지했다.

"여 봐라!"

모두 장군의 명령을 기다리고 있었다.

"춘석이, 너는 저 서쪽 창고로 들어가 문을 열고 준비해라."

"네, 장군님. 알겠습니다."

너는 얼른 읍했다. 그때 관졸 천수는 창고 밖을 내다보면서 중얼거렸다.

'아, 저 사람이 장군이고 저 사람이 춘석이다.'

천수는 다시 몸을 감췄다. 장군이 관아가 떠나가라 호령했다.

"그동안 나머지는 동쪽 창고로 가라. 창고 문을 열어 놓았으니 곡식을 한 톨도 남기지 말고 모조리 꺼내라!"

동학 소년과 녹두꽃

농민군의 환호 소리와 몰려가는 발자국 소리가 새벽을 또 한 번 깨웠다. 천수는 작은 문 사이로 반짝이는 별들을 올려다봤다. 이미 새벽이 왔지만, 아직도 깜깜하다. 빨리 날이 밝아야 지원 요청을 할 텐데 큰일이다. 천수는 마음이 다급했다. 동쪽 창고 쪽에서는 동학 농민군들 불평 소리가 소란스럽게 들려왔다.

"와 긁어모은 곡식세가 어마어마하다!"

"으, 썩는 냄새. 썩어 나도 우리 입엔 한 톨도 안 들어오지."

장군의 소리가 관아 마당에 울려 퍼졌다.

"춘석이, 뭐하느냐? 당장 서쪽 창고 문을 열라는데!"

장군의 불호령이 떨어졌다. 그 순간 천수는 이미 몸을 날려 숨었다.

"예, 춘석이 갑니다!"

서쪽 창고로 뛰는 소리가 관아 마당을 울렸다. 너는 그곳에 도착하자 문을 밀며 창고로 한 발을 디뎠다. 이어 다른 발을 들여놓는 순간, 문 뒤에서 뭔가 기척을 느꼈다.

"앗! 관졸!"

말이 끝나기도 전에 너는 뒤를 돌아보았다. 날카로운 창끝이 네 어깨에 박히는 순간 너는 날쌔게 등 뒤의 창대를 휘어잡았다. '욱.' 하며 휘어잡은 창대의 힘에 밀린 관졸이 휘청거렸다. 너는 필사적으로 두 손아귀에 넣은 창대를 잡아당겼다. 관졸 역시 안 뺏기려고 안간힘을 썼다. 너희는 창대를 붙잡고 몇 바퀴를 함께 뒹굴었다. 그러다 창끝이 '쉭.' 네 어깨를 스치며 따가운 통증을 몰고 왔다.

"으악, 이런 살쾡이 같은 놈!"

피 냄새를 맡은 너는 순간 악에 받쳤다. 살이 덜덜 떨리고 팔뚝에 경련이 일었다. 한 손에 창대를 쥐고 관졸의 팔을 누른 채 죽을힘을 다해 그를 덮쳤다. 곧 창대를 움켜쥔 네 창끝이 관졸의 목을 노렸다. 차가운 창 촉의 비릿한 쇠 맛에 그는 몸을 떨며 눈을 감고 헐떡였다. 그 순간 장군의 호령이 창고를 울렸다.

"빨리 문을 열지 않고 뭐하냐?"

"예, 엽니다!"

창 촉을 관졸의 목에 겨눈 채, 너는 뒷발로 힘껏 창고 문을 찼다. 삐걱 창고 문이 열렸다. 그 순간 삽시간에 관졸을 끌고 가 구석 기둥에 묶었다. 관졸이 놀란 듯 감았던 눈을 번쩍 떴다.

"넌 동학군이 아니냐? 왜 나를 살리는 거냐?"

덩치는 우람하나 앳되어 보이는 소년이 그의 눈앞에 서 있었다.

"쉿! 당신은 내 목표가 아니오. 양반이 아니니까. 나처럼 한낱 상전을 위해 사는 종놈에 불과하지. 당신이 나와 다른 건 나라의 녹을 먹는다는 것뿐이오."

그때 장군의 호령이 들렸다.

"이제 서쪽 창고 곡식도 모두 꺼내라!"

"들리느냐, 장군의 호령이. 살인귀로 소문난 김개남 장군이시다. 장군 앞에서 살아나는 놈은 아무도 없다는 건 익히 알고 있겠지?"

관졸은 눈을 크게 뜬 채 고개만 끄덕였다.

"그러니 여기서 얌전히 있는 게 살아나는 길이다."

너는 허겁지겁 양쪽 창고 문을 활짝 열었다. 기다렸다는 듯 신이 난 농민군들이 우르르 달려들었다. 창고를 들락날락하며 그들은 곡식 자루를 옮기느라 정신이 없었다. 눈치를 보아 가며 너는 곡식 자루 대신 텅 빈 가마니를 집어 들었다. 그걸 들고 얼쩡거리다 구석의 관졸에게 다가가 던져 주었다. 그리고 속삭였다.

"들키지 말고 살아나길."

"고맙네. 젊은 친구. 천수가 이 은혜 잊지 않을게."

관졸은 어머니가 오래 살라며 지어 준 이름이 천수라며 중얼거렸다. 너는 그 소리를 들으며 마지막 곡식 자루를 불끈 들었다. 그리고 마당으로 나가며 외쳤다.

"이게 마지막 자루입니다."

곡식 자루가 산더미처럼 쌓였다. 그 주위로 대감과 아전들이 끌려와 기둥에 묶였다. 고을 사람들도 점점 모여들었다. 더러는 겁에 질린 채 더러는 기쁨에 찬 채 덩실거리며 달려왔다. 장군이 외쳤다.

"이 쌀을 가가호호 빠뜨림 없이 고루 나누어 주도록 하라. 모두가 밥 한 그릇 평등하게 먹을 수 있는 날, 그날이 오늘이다. 이 쌀은 여러분의 피와 살이오. 여러분의 것은 여러분에게로!"

고을 사람들은 기쁨의 함성을 질렀다. 아주머니와 할머니들은 이런 날도 있냐며 감격의 눈물을 훔쳐 냈다. 쌀을 한 자루씩 받은 농민들은 연거푸 절을 하며 돌아갔다. 그 후 농민군들에게도 제 몫이 돌아갔다.

가마니를 뒤집어쓴 천수는 안도의 숨을 내쉬었다. 동학도들과 고을 사람들이 어서 이곳을 떠나가야 자기도 빠져나갈 수 있을 것이다. 아직 뒤집어쓴 가마니가 답답해도 내려놓을 수는 없었다. 열린 창고 문 사이로 떠드는 소리가 들려왔다.

"나라를 위해 싸워 준 것도 고마운데 쌀까지 나눠 주다니!"

"그러게 말이야. 오래 살다 보니 이런 세상도 있네."

"오랜만에 허연 쌀을 보니 거 희한하다 아이가. 에고 눈부시라!"

"그러게. 오늘은 조상님께 흰쌀밥으로 제사라도 지내야겠어."

천수는 갑자기 코끝이 멍해졌다. 관에서는 어떻게 하면 농민들 세를 제대로 거둬들일까 노심초사했다. 제대로 세를 내지 않는 자는 옥에 처넣었다. 더러는 집을 다 뒤져 숨겨 놓은 쌀이나 쓸 만한 물건을 빼앗기도 했다. 그건 모두 지방 부호나 양반 대감의 곳간으로 옮겨졌다.

'그런데 저들은 이렇게 가진 것을 나누는 사람들이구나. 동학도들이 난폭한 날강도인 줄만 알았는데.'

그는 숨을 죽이고 생각에 빠졌다. 먼저 그를 살려 준 어린 소년에게 은혜를 갚고 싶었다. 허우대 멀쩡하고 선한 쌍꺼풀진 어린 동학 소년이 자꾸 눈에 밟히는 까닭이 왜일까.

'나는 왜 저 선량한 사람들을 감시하고 괴롭혀야만 하는가?'

관아 밖에서 돌배와 상당수 농민군은 고을 사람들과 날렵하게 거래를 했다. 승리의 전리품으로 받은 쌀을 팔아 돈을 모았다.

"흐흐, 영산포구까지 이고 지고 갈 수 없으니 어쩔 수 없지."

돌배는 주머니를 흔들며 자랑스러운 듯 껄껄댔다.

"춘석이, 이 봐라. 난 한밑천 잡았으니 당분간은 마누라와 태어날 자식 굶기지는 않을 거여."

너는 가슴이 뭉클해 고개를 끄덕였다. 다정한 가족이 있는 돌배가 무척 부러웠다. 이제는 더 이상 이 세상 가족이 아닌 아버지 어머니가 떠올랐다.

'홍이 정말 나의 가족이 될 수 있을까?'

그러나 영 자신이 없다. 왜 확신이 안 서는지는 모를 일이었다. 너는 고개를 떨어뜨렸다. 그 후 농민군은 술을 마시며 흥에 취했다. 김 장군은 대감과 아전들을 농민군에게 넘겨주며 그 자리를 떠났다.

"죽이지만 말고 흠씬 혼내 주도록 하라. 정신을 좀 챙기도록."

농민군들은 대감과 아전들을 흠뻑 두들겨 팼다. 술을 마시며 신이 난 농민군들이 곤장을 칠 때마다 그들의 입에서 재물을 숨겨 놓은 장소가 툭툭 튀어나왔다. 더 이상 대답이 나오지 않게 되자 만신창이가 된 그들을 풀어 주었다.

기어서 돌아가는 피투성이 대감의 모습에서 너는 아버지를 보았다. 죄 없는 아버지가 개 패듯 맞던 기억과 맞물려 가슴이 싸했다. 그러면서도 그들이 비는 모습을 보며 통쾌하기 이를 데 없었다.

세상이 완전 뒤바뀌고 있었다. 천민들은 세상이 온통 제 것인 양 떠들었다. 그러면서 어리고 혈기 좋은 네가 양념거리였다. 더구나 장군이 너를 챙기니 어린 혁명가라도 탄생시킨 듯 농민군들은 우쭐해졌다. 그러다 낄낄거리며 너를 놀리기도 했다. 덩치 좋고 순박한 어린 너를 술자리의 양념거리로 만들면서.

"순둥이 어린놈아, 이참에 번 돈으로 뭐 할 거여?"

"아무리 어려도 세상이 변했는데 무슨 짓인들 하고 살면 어때. 돈만 있으면 반겨 줄 여자들이 줄을 설 거다. 동학 싸움해서 식량 벌어다 주지, 힘 좋지, 못할 거 뭐가 있겠어?"

네가 백정인 걸 알기라도 하듯 말을 날렸다. 하기야 모인 사람들 대부분이 천민이니 생김새만 봐도 대강 서로의 신분을 알 만했다.

너는 술기운 탓인지 떡 벌어진 어깨에 잔뜩 힘을 넣어 으스댔다. '그려, 못할 것도 없지.' 피가 피를 부른다고 점점 양반의 피를 보며 쾌감을 느끼고 있었다.

'앞으로도 양반들 목을 수십은 딸 수 있을 거여. 그것이 내 백정 아버지를 위한 복수다.'

그때 형이 다가와 너를 데리고 나가며 소리쳤다.

"어린아이 갖고 장난들 그만하시오!"

사람들이 소리쳤다.

"나이 열여섯이면 요즘은 어른이야. 게다가 장군님 심복인데 왜 네가 깐죽거리는 거냐?"

그때 장군이 나타났고 모두 잠잠해졌다.

"자, 승리의 여흥은 이걸로 족하다. 가족이 기다리는 집으로 일단 귀

향하도록 하라. 동학 운동은 가난한 자를 위한 운동이며 우리는 그들과 함께한다. 천지가 우리들 세상이 될 날이 머지않았다."

농민군들이 웅성거렸다.

"다음에는 어디일까?"

"전라도라고 그랬는데?"

어쨌든 꼭 만나자며 결의를 하는 사람이 태반이었다. 한때는 전우였다는 끈끈한 우정에 모두 가슴 뿌듯해했다. 생사고락을 같이하고 한솥밥을 먹은 것보다 더한 정이 어디 있을까. 눈앞에 벌써 다음의 승리가 보이는 듯했다. 헤어지는 사람들을 김 장군이 불러 세웠다.

"잠깐, 어디에서건 통문이 생명이다. 각 지역에 통문이 전달될 것이며 우리는 다음 목적지에서 만나자. 그때까지 단단히 자신을 지키되 무고한 자를 해하지는 말아라. 인륜을 저버리지 않을 것, 즉 사람을 귀히 여기라는 것이다. 여기에 약조하는 자만 다음 동학 싸움에 참여할 수 있다!"

농민군들은 약조하자며 외쳤다. 너도 신이 나서 돌아서는데 형이 불렀다.

"춘석아, 어깨는 언제 또 다친 거야?"

"아, 이제 괜찮아."

그때서야 싸한 통증이 어깻죽지를 휘감아 내렸다. 갑자기 창을 휘두르던 선한 얼굴의 관졸이 떠올랐다. 그는 무엇을 위하여 목숨을 걸고 싸우는 걸까.

'우리 모두는 과연 무엇을 위해 싸우는 걸까?'

너희는 오늘도 내일도 싸울 것이다. 왜, 누구를 위해서인지도 모르는 배에 탄 채로.

4.
밥 한 사발

진주를 출발한 지 하루 반이 지났다. 멀리 마을이 보이고 그 앞자락을 누벼 흐르는 섬진강 줄기가 유유자적 꼬리를 내리며 휘돌아 흘렀다. 영락없이 신선이 흘리고 간 명주비단 자락이다. 세상이 이렇게나 아름답고 환해 보인 건 난생처음이었다.

진주로 가던 길도 이랬을까. 아니다. 아무리 생각해도 진주에 갈 때는 삭신이 오히려 심란했었다. 싸움하러 가는 거라고 맘을 독하게 먹으라며 떠들던 농민군들이 떠올랐다.

물 냄새가 나는가 싶더니 강이 보였다. 그리고 구례 화엄사가 나타났다. 화엄사를 지나니 남원으로 가는 이정표가 보였다. 걸음이 더 빨라졌다.

바람 속에 멀찌감치 홍이 웃으며 서 있다. 가슴이 두근거리고 볼이 후끈 달아오른다. 일부러 큰 숨을 쉬어 가슴을 진정시킨다. 누군가가 옆구리를 치는 바람에 퍼뜩 정신이 들었다. 바라보니 형과 돌배가 앞서거니 뒤서거니 걷고 있다. 형이 말했다.

"어찌 같이 걸어도 그리 모른 척하긴가? 난 여기서 헤어져야 하네."

"아, 형님."

잠깐 홍 생각에 주위에 아무도 없었다. 오로지 홍을 보고 싶다는 마음에 불나듯 빨리 걸었다. 돌배가 강 건너를 가리켰다. 형이 자기는 저쪽으로 가야 한다면서 너를 바라보았다.

"고향에 잘 들어가. 우리 다음 전투에서 꼭 만나야 한다. 돌배도 잘 내려가고."

너는 갑자기 울적해졌다. 형이 옆에 있었는데 이젠 다시 홀로되었다. 그래, 태어날 때도 혼자고, 죽을 때도 혼자 떠나는 게 인생의 이치다. 부모님이 가신 후도 그랬고 또 형이 간 후에도 혼자다. 서운해하지 말자며 마음을 굳게 다졌다.

"형님, 잘 가요."

"춘석이도. 다음에 만날 때까지 좋은 추억 만들어 오는 거여."

"돌배도 좋은 소식 갖고 만나도록 하자. 안녕히."

셋은 모여 서로 손을 굳게 맞잡았다. 형이 떠났다. 너는 돌배와 말없이 한참을 걸었다.

"자네는 이제 저쪽으로 가는가?"

돌배 목소리에 꿈에서 깬 듯 고개를 들었다.

"어? 여기가 어디여요?"

"정신을 어디다 놓고 있어. 저기가 구례야."

넋 나간 사람처럼 강을 바라보았다.

"춘석이, 부모님이 기다리고 있을 거 아닌가?"

고개를 떨어뜨리고, 아버지 생각에 또 가슴이 미어졌다.

"대답이 없는 걸 보니. 아, 그래. 부모님이 안 계시다고 했지."

"그래서 물 따라 길 따라 발길 닿는 대로 갈라고요."

너는 어정쩡 말을 흐렸다.

"기다리는 사람이 없는가 보네."

"있기는 헌디 약조를 헌 것도 아녀요."

홍 이야기를 입 밖에 내고 싶지 않았다. 아직은 가슴속 깊이 아껴 두고 싶었다. 대장간에 잘 있겠지. 어서 가자, 홍에게.

"춘석이, 자네도 이제 불똥 속으로 들어가는구먼. 내가 사는 남도보다 자네가 사는 위쪽으로 난리가 옮아갔다는데 들었어?"

"……."

'홍아, 나 지금 간다.'

지금 네 마음속에는 온통 홍뿐이다.

"뭘 그리 깊이 생각하는가. 우리 이제 헤어지는 거여. 북도가 난리통에 힘들면 남도로 내려와. 내가 사는 영산포구로 꼭."

"그런디……."

"그런디 뭐여 말해 봐."

"형이라 불러도 되죠?"

"그 말이 그리 어렵냐? 나도 남동생이 없거든."

"돌배 형, 형은 동학해야 돈을 벌지요. 그러니 난이 일어나는 곳에서 만나기요."

"좋아. 처가 곧 애를 낳을 날이 다가와. 그 후에 나라 돌아가는 거 봐서."

"순산을 빌어요."

그 말을 하면서도 어른이 쓰는 말 같아 부끄러웠다. 너희는 한참을 얼싸안았다. 그래도 몇 날 며칠 전우였다. 나이 어린 너를 쌈터에서 이끌어 준 형 같은 사람이었다. 관군이 창으로 네 옆구리를 찌르는 순간 죽창으로 막아 준 돌배 형이다. 아직도 창끝이 닿았던 자리가 따끔거린다.

"이제 옆구리는 괜찮은 거여?"

"예, 고마워요."

"그래도 그곳 덧나면 안 돼. 도착하자마자 꼭 감자라도 찧어 붙여라."

"돌배 형, 고마웠어요."

돌배는 '그럼 약주라도 한 잔 샀어야지.' 하면서 손을 비빈다. 그리고 '어린 사람한테 내가 망령이지.'라며 웃고 만다.

동학 소년과 녹두꽃

돌배와 헤어져 너는 남원 쪽으로 걷기 시작했다.

'그려. 서둘러야지.'

막상 돌아서니 발길이 떨어지질 않았다. 돌아갈 고향이 없다. 남원은 이미 너의 고향이 아니다. 부모님은 백정마을 가맛골을 떠난 지 오래전이다. 널 기억하는 가맛골 사람이 있다면, 남원 땅에 한 발짝도 못 디디게 쫓아 버릴지도 모른다.

동학한다며 모두가 평등하다 난리 치면서도 여전히 백정은 백정이다. 가슴속에서 뭔가 욱하고 치밀고 올라온다. 그러나 다시 홍을 떠올렸다. 홍의 다짐하던 목소리가 들리는 것만 같다. '빨리 와야 혀!' 사무치도록 그리운 목소리다.

남원으로 들어선 지 벌써 한참 걸은 듯하다. 광한루가 나오고 대장간 골목이 나온 걸 보면. 거기서부터 돌담길을 끼고 두 바퀴 꺾으면 대장간이다. 눈을 감아도 손바닥처럼 환히 보이는 대장간 골목 사이로 붉은 흙길이 그림처럼 정지해 있다.

대장간 굴뚝 위로 부연 연기가 뭉게뭉게 치솟는다. 어느새 가슴이 출렁거린다. 홍이 '춘석이!' 부르며 뛰어나올 것만 같다.

차가운 바람에 뒹구는 낙엽 몇 잎이 쓸려 왔다. 부스럭거리는 마른 잎을 밟으며 계속 걷는다. 어디선가 밥 짓는 냄새가 구수하다. 아, 그리운 집밥 냄새다! 하얀 쌀밥이면 어떻고 보리밥이면 어때, 침을 꿀꺽 삼켜 본다.

'이게 바로 우리 조선 사람 사람 사는 냄새여.'

밥 한 사발은 너희 조선 사람에게 분노의 시작이고 끝이다. 용서의 몸짓이자 화해의 언어다. 밥 한 사발에 너희는 얼마나 울고 웃고 분노하는가. 모두가 평등하게 밥 한 사발을 나눌 날을 위하여 너희는 이렇게 동학 싸움을 한다.

거의 대장간 문에 도착하자 우뚝 서 버렸다. 문이 반쯤 열려 있으나 선뜻 들어서기가 겁났다. 귀를 기울여도 사방이 고요했다. 가끔씩 화로에 쇳물 끓는 소리만 끊이지 않고 치직거렸다.

용기를 내 문을 밀고 발을 디뎠다. 그러나 대장간은 텅 비어 있다. 항상 자리를 지키던 상쇠 아재도 앉은뱅이 의자도 보이지 않았다. 홍은 어디에 간 걸까. 갑자기 불길한 생각에 휩싸인다. 급히 몸을 돌려 밖으로 나왔다.

홍은 안채에 있을 거다. 달리기 시작했으나 골목 끝 안채까지 십 리는 되는 것만 같다. 웬걸, 안채는 물론 마을 전체가 텅 비어 있다.

가슴속에서 쉭쉭 물레방아 돌아가는 소리가 나기 시작했다. 소리는 점점 더 커졌다. 고개를 흔들며 사방을 둘러본다.

'집밥 냄새는 헛것이었을까?'

그 순간 웅성거리는 소리가 바람결에 실려 왔다. 귀를 기울이니 대숲에서 들리는 소리다. 멀리 푸른 대숲을 보는 순간 아련한 추억이 떠오른다. 그곳은 홍과 쫓고 쫓으며 맘껏 뛰어놀던 어린 시절의 놀이터였다.

동학 소년과 녹두꽃

'아, 신분도 나이도 모른 채 깔깔거리던 그 어린 시절로 돌아갈 수 있다면!'

　가슴이 싸하도록 그리움이 솟아난다. 너도 몰래 가슴을 움켜쥔 채 그 숲으로 달리기 시작한다. 겨울바람 소리가 귓전에 사납게 부서진다. 이제는 귀를 부여잡은 채 마구 달린다. 그 속에서 홍이 손짓하고 있다. 치맛자락을 휘날리며.

5.
배신자들

　대장간 안채 뒤쪽으로 난 막다른 길을 달렸다. 바싹 마른 잎과 죽은 풀을 지나 울퉁불퉁한 길을 지났다. 탱자나무 울타리를 통과하고 언덕 윗길로 올라갔다. 싸늘한 겨울바람이 귀를 떼어 갈 듯 윙윙거렸다. 그 바람 속에 언덕 위 공동묘지 쪽에서 간간이 사람들 목소리 같은 게 실려 왔다.

　어른거리는 사람들 흰옷 자락이 희미하게 보이기 시작한다. 귀신은 아닌 듯해 안도감이 든다. 어찌 마을을 저리 텅 비워 놓았을까. 저기 대숲에서 사람들은 무엇을 하는 것일까.

　가까이 다가가다 걸음을 멈췄다. 갑자기 가맛골 사람들 얼굴이 떠올라서다. 시커먼 털보 철주 아재, 힘자랑하던 가맛골 영감, 항상 누런 콧

물을 달고 다니던 갓난이랑 모두 다 잘 있겠지. 그들 생각에 가슴 한 귀퉁이가 무너지는 것만 같았다. 여태 왜 그들 생각을 못했을까. 그렇다고 여기서 멈출 순 없다.

이리저리 싸우러 떠돌아다니면서도 한 번도 잊은 적이 없는 곳, 춘향골 대장간 골목이다. 마침내 숨을 가다듬고 천천히 다가갔다. 일하던 사람들이 허리를 펴고 고개를 들었다. 누군가가 소리쳤다.

"아니 저 덩치 큰 아가 뉘여?"

"우리 마을 사람인가?"

대숲에서 일하던 사람들이 웅성거리며 소리를 질렀다.

"아니여. 우리 마을 소년이 아녀."

"마을마다 동학군 탐색하러 다닌다는 그런 밀정 아니여?"

"그런디 본 듯한 사람인디."

대숲에서 누군가가 손을 흔들며 소리쳤다.

"춘석이다!"

"어서와. 이리로."

역시 상쇠 아재였다. 너는 단숨에 대숲으로 달려갔다. 오랜만에 불러 주는 이름에 가슴이 울컥했다.

"그동안 잘 지내셨어요?"

사람들이 일하다 너희 곁으로 달려들었다.

"아이고, 이 사람아. 이게 얼마 만인가?"

상쇠 아재 말이 끝나기도 전에 사람들이 너를 향해 삿대질을 해댔다.

"그래, 몸은 성한가?"

상쇠 아재 말소리가 소란 속에 묻혀 버렸다. 모여든 사람들이 장마철 청개구리 떼처럼 떠들어 댔다.

"네 가족이 가맛골을 떠나고 나서 우리가 얼마나 핍박을 받았게?"

"못된 놈. 배신자."

"네 가족 때문에 백정마을에서 한 발자국도 못 나가게 감시를 당하고 살았어."

누군가가 손을 흔들었다.

"제발 그만들 혀. 다 지나간 일인데."

상쇠 아재가 소리쳤다.

"이 판국에 춘석을 괴롭혀서 우리가 얻는 게 뭐요. 진주 천민 운동까지 쫓아다니며 애써 배워 온 아이입니다."

"배우긴 뭘 배워 와? 그래도 저만 살고자 도망친 놈을 어찌 용서하겠어!"

갑자기 가맛골 백정 노인이 장대를 들고 오더니 네 엉덩이를 후려치기 시작했다.

"제발 그만두시오."

누군가가 소리쳤다. 노인은 멈추지 않았다.

"함께 살든가 함께 죽든가 둘 중에 하나지, 우리 같은 백정 천민은. 그런디 저놈이!"

네 얼굴이 벌겋게 달아오르며 이마에 힘줄이 불끈거렸다. 그러나 어른이 때리는 매를 붙잡을 수는 없었다. 매 맞는 데 익숙해진 백정 아버지의 가르침처럼 너는 죽은 듯 매질을 받아 냈다. 대나무의 날카로운 마디가 엉덩이를 수십 번 내리쳤다. 아무리 단단한 네 엉덩이 살도 홑 겹 바지 위의 세찬 매질을 견디지 못해 아리고 쓰라렸다.

"영감, 제발 그만하시오. 지 아비가 백정이라고 아들도 백정인 시대 는 이제 지났소. 사람이 하늘만큼 귀중하다 하는데 우리끼리 거둬 주 지 않으면 누가 거둔답디까?"

카랑한 목소리가 백정 영감을 나무랐다. 고개를 들어 보니 경상도 함양 출신인 서당훈장 마석 영감이었다. 참다못한 네가 후끈거리는 엉 덩이를 문질러 댈 때쯤 억센 장대도 산산이 찢어졌다. 그때서야 장대 를 버린 노인이 이제는 삿대질을 해댔다.

"이놈아, 우리는 공동 운명체인디 네 어미 아비가 나쁜 놈이다. 지놈 들만 살자고 백정마을을 빠져나가다니. 관에서 네놈 때문에 얼마나 우 리를 볶아 먹었는지 알기나 혀!"

그는 이제 네 목덜미를 움켜쥐고 흔들어 댔다. 사람들이 달려와 울 부짖는 그 영감을 네게서 떼어 냈다.

"에고, 사람 죽이겠소. 이자 그만허시오."

"어찌 그 아한테 화풀이를 헌대요?"

마석 영감이 외쳤다.

"자, 그만하면 되었소. 부모도 잃은 아에게 어찌 그리 독하게 하오. 이제 다 지난 일 그만둡시다. 춘석이 야가 그래도 큰일을 할 아요. 그만

놓아주시오."

너는 죽은 듯 서 있었다. 눈에서 피눈물이 흐르는 듯 가슴이 아팠다. 고향에서 도망친 백정의 아들놈이 제 발로 기어 왔으니 한심한 노릇이다. 그때 마석 영감이 다시 나섰다.

"왜들 이러시오. 우리에게는 내일이, 미래가 중요하다 카이. 우리 천민이 나라 살리는 데 힘을 좀 합할라 카는데 일없으면 모두 그만들 두소."

가맛골 백정 영감이 맞받아 소리쳤다.

"천민인 우리에겐 왜놈이 임금이건 조선 놈이 임금이건 상관없다. 나라가 망했다고 울 일도, 나라가 흥했다고 웃을 일도 없소. 평생 천대와 핍박만 받은 종놈들인디."

상쇠 아재가 나섰다.

"그만하시오. 이제 우리가 노비문서 태우고 무기 들고 마을도 지킬 수 있는 세상이 되었소. 지금 조선을 싸움판 삼아 놀아나는 왜군과 청나라군에게 대드는 건 우리 천한 것들 아닌가요. 어떤 양반이 놈들과 싸우는 것 봤으면 이리 나와 보라 하시오. 우리 같이 모질게 살아온 단단한 사람들 아니면 외세에 나라가 쓰러져요. 그러니 우리 어서 무기 만드는 것 마저 끝내자고요."

사람들이 그때서야 하나둘 제자리로 돌아갔다. 그리고 말없이 하던 일을 시작했다. 여전히 놀란 가슴을 움켜쥔 채로. 겨울바람은 계속 매발톱처럼 매섭게 달려들었다. 흔들리는 시퍼런 대숲을 바라보다 너는 문득 홍이 떠올랐다. 매 맞느라 정신이 나갔었나 보다. 홍을 찾아 두리 번거리다 넌지시 물었다.

"그런데 이 대밭에서 무엇들 하시는가요?"

"보면 모르겠는가?"

남자들은 낫을 들고 연신 대를 잘라 던졌다. 나머지 사람들은 대 끝을 칼로 쳐 대각선으로 잘랐다. 여자들은 그 끝을 돌에 갈아 칼처럼 날카롭게 만들거나 대나무를 줄기줄기 찢고 있었다.

"이건 뭐에 쓰는디요?"

여자가 너를 힐끗 보며 말했다.

"동학 싸움하고 다니면서 장태도 모르요? 황룡 전투 때 장태를 굴려 대승을 했잖아요. 이번에 그걸 몇 개 만들어 볼라고 혀요."

그 아주머니 옆에는 어느새 찢은 대를 쪼갠 줄기가 산더미처럼 쌓여 있다.

"이 찢은 대쪽을 대바구니 엮듯이 엮는 거여. 큰 닭장 있잖여, 그것처럼. 이렇게 길쭉 둥글게 만들어 그 안에 짚단하고 이불을 넣는 거여. 그리고 밖에 낫하고 칼을 꽂아 굴리는 거지."

"황토현 전투 때 애들 키만이나 한 장태를 굴리니 적의 총알이랑 화살이 다 비껴갔잖여."

"그 괴물 같은 장태에 놀라 허겁지겁 도망가 동학군이 대승했잖여요. 우리같이 싸움 못하는 여자들이 그것이라도 만들어 동학군들을 도와주기로 혔어요."

모진 추위에 거친 대를 자르고 다듬느라 손이 트고 갈라져 피까지 보였으나 여자들은 씩씩했다. 추위에 굽은 손을 입김으로 녹여 가며 일했다.

　　"아얏!"

　　할머니가 비명을 질렀다. 죽창 끝의 가시가 굽은 손가락 끝을 파고 든 것이다. 피가 줄줄 흐르자 노파의 얼굴이 잿빛으로 변했다. 장태 설명을 해 준 여자가 달려가 '칙.' 자기 옷고름을 뜯었다. 그걸로 칭칭 피 흐르는 손가락을 싸매 주었다. 사람들은 할머니를 앉혀 놓은 채 계속 일했다. 추위에 굽은 손이 억센 대나무에 툭툭 터지고 갈라져 거칠게 되었다. 여자들이 얼음덩이 같은 손을 호호 불며 틸다가 안절부절못했다.

　　"휴, 밭매는 건 그래도 양반이구먼."

　　"이렇게 손이 트면 겨우내 고생허는디."

　　"대나무가 아무리 정조를 상징한다고 혀도 이제는 그런 게 무슨 소용이여. 이 손을 할퀴고 찢고 제멋대로 괄시허는디."

　　"그려, 너무 징허다. 죽창 손질을 아무나 하는 게 아니네."

　　너는 떠드는 여자들을 둘러보았다. 행여 홍이 보이나 해서였다. 너를 힐끗거리며 여자들이 동시에 입을 꾹 다물었다. 다시 훑어봐도 홍은 없다. 지금 여기서 상쇠 아재에게 물을 수도 없다. 홍은 도대체 어디에 있는 걸까? 아픈지, 멀리 간 건지, 별별 생각이 다 스쳐 갔다.

　　갑자기 상쇠 아재가 재채기를 해댔다. 움직이지도 못하는 몸으로 추운 곳에 오래 있었을 것이다. 필시 병이 날 게 뻔했다.

"아재, 내려갑시다. 추워서 안 되겠어요."

가맛골 영감이 소리쳤다.

"이런 망할 놈. 어디서 딴소리를 혀? 집안일 도울 생각은 안 하고."

상쇠 아재가 낮은 소리로 말했다.

"신경 쓰지 마라. 전번에 동학 싸움하러 간 아들이 죽어 돌아와 그때부터 영감이 헛소리를 하는 거여."

"네."

"그때 일본군 총에 동학군 수십 명이 총살당했어. 이 대밭에서 말이야."

"네? 여기에서요?"

"응. 나라가 망하려니까 임금이 동학군 막으려고 청군을 불러들였지. 그러자 청군만 들어왔다고 화가 난 일본이 막무가내로 조선에 쳐들어왔잖아. 그 파렴치한 일본군이 조선 관군까지 지휘하며 이 마을 동학군을 모조리 사살했던 거야. 홍이 어릴 때 왜놈들이 범해 세상을 뜬 홍이 엄마는 어떻고."

너는 그의 어깨에 손을 얹고 대밭을 바라본다. 홍과 뛰어놀던 모습이 눈앞에 아련하다. 그런데 이곳이 동학군 총살의 장소였다니 믿을 수가 없다. 아름다운 대밭이 사라지고 이제 쌩쌩거리는 바람 소리가 탕탕거리는 총소리로 변했다. 바람 소리에 퍽퍽 쓰러지는 동학군들이 보인다. 너는 고개를 흔들며 소리친다.

"안 돼!"

"뭐가 안 된다는 소리여? 콜록 콜록."

상쇠 아재 기침 소리에 너는 정신이 돌아온다. 아재는 가슴을 부여잡고 연거푸 걸걸거리는 기침을 해댔다.

"안 되겠어요. 집으로 가셔야 혀요."

가슴이 울적하고 답답했다. 주위를 돌아보니 사람들 얼굴에 살기가 등등했다. 시퍼런 대밭에서 그때 죽은 혼령들이 울부짖듯 서슬 바람을 몰고 갔다. 저들은 누군가를 위해 터진 손을 달래며 시퍼런 죽창을 만들고 있다. 그때 마석 영감 소리가 너를 깨웠다.

"우리도 동학해야 한다. 여차하면 무기를 들고 나가야지. 죽창 들고 장태도 굴리고. 우리들이 얼마나 토호들에게 그리고 왜놈들에게 당하고 살았는지 징그럽다. 이제 우리도 하늘이여. 귀천 없이 모두가 평등하게 대우받고 살아야 한다."

너는 고개를 끄덕였다. 홍이 믿는 대부님도 그랬고 김 장군도 그랬다. 모두가 한 하늘 아래 평등하다고. 마석 영감이 계속 소리쳤다.

"이제 우리 스스로를 위해 싸워라. 우리에게 필요한 것은 힘이야. 그리고 이 죽창은 우리의 생명 줄이야. 우리를 지켜 줄 것은 이것밖에 없다."

한 번씩 사나운 겨울바람이 대숲을 쓸고 갔다. 그러나 추위에도 아랑곳하지 않고 댓잎은 기세 좋게 푸르렀다. 죽창이 제법 쌓인 걸 보니 한참 잘랐는데도 대숲은 상흔도 없이 억세게 울창했다. 그때서야 상쇠 아재가 소리쳤다.

"이제 곧 어두워져요. 이제 그만들 하고 집으로 돌아갑시다."

사람들은 주섬주섬 죽창을 몇 개씩 묶어 옆구리에 꼈다.

"모두 죽창 잘 간직하고. 남자가 있는 집들 잘 들으시오. 통문이 오면 곧 출전하는 거요. 아직 때가 오지 않았으니 집안 단속 잘하고 때를 기다리시오."

너는 상쇠 아재의 앉은뱅이 의자를 밀기 시작했다. 산 어귀의 울퉁불퉁한 흙길이 얼어붙어 미끄러웠다. 자갈길이 나올 때는 썰매 판 같은 의자를 통째로 들어 올려야 했다. 너도 모르게 불평이 터져 나왔다.

"이런, 아버지도 안 돕고 대체 홍은 어디로 간 거여."

그걸 들었는지 옆에서 마석 영감이 말했다.

"우리가 소 잡던 힘이 있잖나. 그래서 우리가 상쇠도 여기까지 끌고 온 거여. 홍 대신에 말이야."

"……."

"부득불 대숲까지 와야겠다고 떼를 쓰는데 당할 자 있겠나. 하기야 손끝이 매섭고 노련한 상쇠 없이는 이런 죽창 만들기는 턱도 없지."

언덕길을 내려오는데 상쇠 아재가 불렀다.

"춘석이."

가슴이 덜컹 내려앉았다.

"홍이 궁금하지 않어?

기다리던 홍 이야기였다. 가슴이 쿵쿵 뛰었다.

"예. 궁금했어요."

"아무리 입이 무거워도 그렇지. 자네가 먼저 물었어야지."

"아, 그게. 죄송혀요."

두근거리는 가슴으로 조용히 기다렸다.

"지금 여기 없다네. 멀리 갔어."

묵직한 쇠 종으로 한 대 얻어맞은 듯 머리가 띵했다. 몸 전체가 어디론가 한없이 추락하고 있었다. 간절하게 보고 싶던 사람, 이제는 끝이다. 한 마디도 더 할 수가 없었다. 절대 깨지지도 녹지도 않을 겨울 산속 호수처럼 가슴이 얼어 버렸다.

어머니가 살아생전에 강조했던 말이 생각난다. 송충이는 솔잎을 먹어야 한다던.

'너는 절대 홍과는 안 된다. 네 신분으로 넘나 보지도 말아라.'

눈앞이 아찔했다. 고향이라고 찾아온 이유는 오로지 홍을 보고 싶어서였다. 그런데 홍은 떠나 버렸다. 갑자기 아재 의자가 옆으로 기울어지며 덜컹거렸다. 정신이 번쩍 들어 얼른 의자를 잡자 아재가 한숨을 쉬었다.

"집에 있으면 좋으련만. 그렇게 미친 듯 쫓아다니더니."

"이제 안 오나요?"

가슴이 벌벌 떨렸다.

"그러게 말이어. 자네가 진주로 떠난 후부터 홍이도 들썩거렸어."

온몸의 기운이 빠져 더 이상 물어볼 힘이 없었다. 사내들 얼굴이 휙

획 스쳐 갔다. 대장간을 떠날 때 약조하던 홍의 목소리가 멀어져 갔다.

"꼭 돌아와야 혀."

그녀를 채근하듯 너는 혼잣말을 했다.

"홍아, 넌 그런 말을 해서는 안 되는 거였어."

아니면 홍은 그전부터 딴마음을 품고 있었을지도 모른다. 장애가 있는 아버지까지 홀로 두고 떠나다니, 분명히 남자가 생긴 거다. 거기까지 생각하니 홍에 대한 분노가 바짝 마른 장작처럼 활활 타올랐다.

대장간에 도착하자 너는 더 이상 그곳에 남아 있을 의욕이 없었다. 상쇠 아재가 안채에 가서 함께 밥 한 그릇 먹고 가라고 했다. 그러나 모든 꿈이 깨진 지금 홍 집에서 밥 한 그릇은 네 몸에 독약이다. 밥이고 뭐고 먹을 맘이 족히 삼천 리로 달아났다. 시커먼 분노가 이글거리며 가슴을 야금야금 쥐어뜯었다. 이 집에 머물러 있으면 가슴속이 타고 타 남아나지 않을 것이다.

"괜찮아요. 만날 친구가 있구먼요."

"그럼, 저녁에 꼭 우리 집에 와서 자야 허네. 내가 홍이 방 치워 놓을게."

"아, 아닙니다."

"아니기는 뭣이 아녀. 쓸데없는 소리 하질 말게. 꼭 밤에 들어와 자야 허네."

도저히 대답이 나오지 않는다. 목에 칼이 들어와도 아닌 것은 아닌 사람이 너다.

"그럼, 이만."

너는 다급하게 대장간 문을 빠져나왔다. 상쇠 아재는 서운한 듯 의자를 끌며 계속 따라 나왔다.

"그럼 내일 작업할 때라도 꼭 오게나."

되돌아 인사를 하고 너는 도망치듯 달리기 시작했다. 곧 대장간의 쇳물 사그라지는 소리도 멀어졌다.

'흥, 미치도록 그리웠는데 이제 너는 멀리 가 버렸다. 진짜 배신자!'

너는 주먹을 움켜쥐었다. 홍과 헤어진 후 하루도 홍을 생각하지 않은 적이 없었다. 그렇게도 그리던 홍의 얼굴이 갑자기 깜깜한 먹지로 변했다. 아무것도 그려 볼 수가 없다. 그 먹지 위엔 오히려 가맛골 사람들 핏대 올리던 얼굴만 떠올랐다. 그들은 네 가족이 그들을 배신했다고 몰아세웠다.

백정 아버지가 너희 가족을 끌고 가맛골을 도망치던 때가 떠올랐다. 아버지는 한양 정 대감 댁으로 가면서도 가맛골 사람들을 계속 걱정했다. 자기가 동족을 버린 죽을 죄인이라면서.

그러고 보니 이곳은 배신자들 판 속이다. 홍도 너도 모두가 서로에게 배신자다. 그때 어디선가 김 장군의 용맹스런 목소리가 들리는 듯했다.

"무엇이 두려운가? 용기를 내야 한다. 양반이고 뭐고 자를 것은 무 자르듯 싹둑 잘라 내야지."

너는 이를 악물었다. 눈물이 볼을 타고 주르륵 흘러내렸다.

'그려, 잊을 것은 모조리 잊어야 한다.'

너도 모르는 사이에 어느덧 주막집 앞에 와 서 있었다.

6.

하린

"어린 총각, 어서 오시게."

여자 목소리에 너는 퍼뜩 고개를 들었다. 남원주막이라는 글자가 코 앞에 다가왔다. 진주에서 돌배 형 권유로 술 한 잔 마신 게 첫 술이었 다. 그런데 배신당한 마음이 어느새 너를 이곳으로 이끌었던 게다.

"한 잔 꺾고 가셔. 어린 총각."

주모가 손을 내밀어 네 손목을 잡아끌었다. 엉겁결에 끌려 들어가 구석에 앉았지만 혼자서 어색해 안절부절못했다. 귀퉁이 상에서는 남 자가 홀로 앉아 벌건 얼굴로 대낮 술을 마시고 있었다. 저 남자도 너처 럼 말 못할 사연이 있는 게 틀림없었다. 너를 엿보던 주모가 다가왔다.

"젊은 총각, 술 한 잔 갖다줄까?"

주모가 이번에는 어린 총각을 젊은 총각으로 바꾸어 불렀다. 너는 기분이 머쓱해져 고개를 끄덕였다. 이제 그럴 나이가 되었다며 스스로 어깨를 으쓱거려도 보았다. 어쨌거나 배반자 홍을 잊으려면 마시고 취하는 수밖에 없다.

'그래, 까짓것 못 마실 것도 없지.'

술상이 나오고 술을 마시기 시작했다. 달콤하고도 씁쓸한 것이 제법 맛이 쓸 만했다. 아버지가 남긴 술잔을 몰래 홀짝여 보긴 했지만 정식으로 술을 시켜 마셔 보는 건 이번이 처음이다. 묵은 김치와 마른 나물을 쩝쩝거리다 보니 어느덧 취기가 올라왔다.

"흐흑. 홍 같은 건 나에게 있어도 그만, 없어도 그만이다."

흐느끼다 보니 가슴에 멍이 서서히 사그라진다. 계속 흘러내리는 눈물이 가슴을 적시고 그 방울들이 상 위로 툭 떨어졌다. 다시 술잔을 기울이는데 눈앞에 불호령이 떨어졌다.

"아니, 이 사람이 정신이 있능기가? 때가 어느 때인데 이게 무슨 짓인가 말이다. 당장 일어서라!"

하얀 옷자락이 네 눈앞을 막고 섰다. 너는 삿대질을 하며 소리쳤다.

"누구여? 당신이 누구라고 이래라저래라 하는 거여?"

고개를 치켜드니 서 있는 사람은 바로 마석 영감이었다. 너희 가족이 한양으로 도망치듯 떠나던 날, 대장간에서 책을 주며 열심히 공부하라던 바로 그 서당훈장이었다.

그 어르신을 본 순간 너는 벌떡 일어서다 그분 발 위에 꼬꾸라지고 말았다.

"쯧쯧, 어린 사람이 너무 많이 마셨어. 네 부모가 이리 가르칠 사람은 아닝기라. 분명 니 말 못할 사정이 있구마."

어르신 앞에 읍하고 빌었다.

"흐흐흑, 어르신 면전에 참말로 송구스럽고만요."

"이제 그만 일어서라. 양친 먼저 하늘로 보내고 이만큼 혼자 일어섰으니 오죽했겠노?"

마석 영감은 엎드린 너를 일으켜 앉혔다. 부당한 일 앞에서는 추호의 용서도 없으시던 꼿꼿한 마을 어르신이었기에 그분의 이런 부드러움이 너를 더욱 흐느끼게 만들었다.

"그래도 이렇게 무너지는 건 대장부가 아잉기라. 지금까지 버텨 온 것처럼 끝까지 버텨 봐라. 하늘이 무너져도 반드시 솟아날 구멍이 있다 안 카나."

이윽고 마석 영감이 너를 마주 보고 앉았다. 주막 입구 쪽을 바라보며 손짓하자 서서 너희를 지켜보던 젊은이가 다가왔다. 그는 얼굴 생김새가 곱상한 데다 귀티가 흐르는 게 이쪽 시골 사람은 아닌 듯했다.

"여기 앉아라. 여긴 하린, 여긴 춘석이다. 춘석이는 부모님이 모다 대단한 신자셨지. 서로 인사들 해라."

하린이 고개를 끄덕이며 너에게 고개를 숙였다.

"말씀 많이 들었습니다."

'어떻게요?'

차마 묻지를 못하고 그 말이 입속에서만 맴돌았다. 취해서 술주정하는 네 모습을 다 보았거니 생각하자 수치심이 앞섰다. 너도 '예.'라며 그에게 깍듯이 절을 했다.

하린은 홍이 정신없이 떠나며 대장간에 두고 간 「주교요지」와 천주교리 책들을 가지러 남원에 왔다고 했다. 그쪽 일이 바빠 하루도 못 쉬고 충청도로 다시 올라가야 한단다.

'앗, 그렇다면 홍이 있는 곳은 충청도다!'

홍 소리를, 그것도 젊은 남자 입에서 들으니 가슴이 마구 덜컹거리기 시작했다. 훤칠한 고운 얼굴의 하린이 자꾸 마음에 걸렸다. 이 사람이 홍을 데려갔겠거니 생각할수록 질투가 뭉게구름처럼 솟았다. 신분부터 상대가 되지 않는 남자 앞에서 너는 자꾸 작아지고 있었다. 그때 마석 영감이 침묵을 깼다.

"하린이, 그쪽에서 하는 일은 관에서 눈독 들이지 않는지 궁금하다."

"다행히도 눈총이 많이 사그라졌습니다. 불란서 신부들 순교 후 조선이 불란서와 국교를 트면서 신부님들 입지가 훨씬 나아졌지요. 그래도 지금 이 시국에 드러내 놓고 포교하는 건 위험하지요. 그렇게 많은 순교자가 났지만 천주학은 여전히 조선에 대한 서양 세력의 위협으로 보는 사람이 많으니까요."

"어쨌든 조심해야 하능기라. 서학이 우리 것을 해치고 사회를 위태롭게 한다는 말이 돌면서 젊은 청년들이 제법 동학으로 나가고 있단 말이다."

너는 그때서야 막연히 홍의 하는 일이 짐작이 갔다. 그래도 그렇게 멀리 집을 떠난 건 이해가 가지 않았다. 그렇다고 누구도 홍이 결혼해 떠났다고는 알려 주지 않았다. 여간 가까운 사이 아니고서는 하린이 대장간까지 홍의 심부름을 올 리가 없었다. 마석 영감이 너를 바라보았다.

"춘석이는 여차하면 춘향골로 돌아오너라. 죽창도 무기라고 죽창 만드는 데도 자네 같은 청년이 필요하더라. 고을의 귀중한 젊은이들이 하나둘 동학에 목숨을 잃으니 고을 전체가 얼마나 큰 수난인지. 그래도 모두가 평등하게 밥 한 사발 나눌 수 있는 시절만 온다면 뼈가 가루가 되더라도 할 수 있는 일은 다 해 봐야 한다."

너는 머리를 조아리고 굳게 주먹을 쥐었다.

"그런 시절은 반드시 올 겁니다."

"춘석이 자네 부친도 올곧고 참으로 당찬 사람이었지. 역시 그 아비에 그 아들이구나."

그 소리를 들으니 갑자기 아버지 생각에 가슴이 막힌다.

"어쨌거나 고향은 항상 여기에 있네. 고향이 있는 사람과 없는 사람은 어깨 힘부터가 다른 기야. 그러니 싸우다 힘들면 꼭 고향으로 돌아오도록 해라. 대장간 상쇠와 나는 항상 고향을 지키고 있을 것이니. 하기야 내가 얼마만큼 살지는 모르겠지만."

"어르신, 무슨 말씀을 그리 하셔요. 온 백성이 누릴 환한 나라가 올

동학 소년과 녹두꽃

것인디 오래 사셔야지요. 지 아버지는 비록 먼저 가셨지만요.”

“그래, 네 아버지를 생각하면 참 안 되었다만 험한 꼴 안 보고 빨리 간 것도 복이랄 수 있지.”

너희는 계속 마석 영감의 말에 빠져들었다. 얼마 후 마석 영감이 둘을 남겨 둔 채 자리를 떴다. 그래도 국밥을 든든히 먹어야 먼 길 간다며 국밥을 시켜 주었다.

너는 다시 하린을 마주 보았다. 국밥을 뜨는 점잖은 모습하며 온순한 얼굴이 참으로 선해 보이는 소년이다. 너는 몇 번을 망설이다 겨우 입을 뗐다.

“충청도 어딘지 훌륭한 일 하시는 곳에 함 가 보고 싶은디요?”

“꼭 보고 싶으시다면 말릴 수는 없지요. 홍 누님도 가끔 형씨 이야기를 했으니까요.”

하린은 아리송한 말을 했다. 네가 홍이 일하는 곳을 보고 싶은 건지, 홍을 보고 싶은 건지 묻는 것 같은 어투였다. 아무려면 어때, 말 내친 김에 너는 눈을 질끈 감았다. 사랑에는 용기가 필요하다고 형이 한 말을 생각했다. 너는 큰 숨을 들이쉬며 용기를 냈다.

“예. 꼭 홍을 보고 싶어요.”

“그러세요. 꼭 보고 싶은 사람이라면 보아야지요. 흐흐, 안 보면 짝눈이 된다던데요.”

하린은 의외로 선선해하며 계속 말했다.

"솔직히 다른 분들이 목숨을 내놓고 최전선에서 동학 싸움을 하는 동안 저는 안에서 소심한 일을 하는 듯해 죄스럽기만 합니다."

"소심한 일이라니요? 어디 소심한 일, 대범한 일이 따로 있겠어요. 나도 잘 알지도 못하는 판에 이런저런 운동에 참여하다 보니 여기까지 오게 되었어요. 조만간 동학의 큰 움직임이 있을 거라니 그전에 꼭 홍도 만나고 싶어서요."

하린은 고개를 끄덕이며 더 이상 묻지 않았다. 너는 그를 따라나서며 어느새 홍의 모습을 그려 보고 있었다. 이번에야말로 확실히 하린의 정체를 알 수 있으리라. 아니 홍의 정체도 물론이다.

'하린과 함께 나타난 나를 보며 홍은 얼마나 놀랄까?'

어느새 저녁 시간이라 주막에 남정네들이 들이닥치기 시작했다. 그들 이야기 속에 동학, 논산 등의 단어가 툭툭 튀어나왔다. 모두 먼 길을 작정한 단단한 옷차림이었다. 그들 중 수염이 덥수룩한 덩치 큰 남자를 보고 화들짝 놀랐다. 꼭 다음 전투에서 만나자고 너에게 언질을 주던 김 장군과 비슷해서다.

'아, 잊고 있었다. 내 시름에 겨워서 그랬던가. 진주에서 헤어질 때 통문을 잊지 말고 자주 챙겨 보라 하셨는데.'

그 순간 옆 귀퉁이의 상 위에 놓인 막걸리 잔이 눈에 들어왔다. 거짓말처럼 그 잔 밑으로 삐죽하게 튀어나온 편지가 보였다.

'앗, 통문이다!'

너는 슬그머니 주위를 훑어보았다. 편지를 얼른 주머니에 접어 넣고 술잔을 뒤집어 놓았다. 그 잔 아래 엽전 한 닢을 놓고 주막을 나왔다. 그건 편지를 잘 수납했다고 편지 놓은 사람에게 알려 주는 표시다.

걸으면서도 편지에 상당히 신경이 쓰였다. 편지를 넣은 주머니에 손을 넣어 볼까 말까 망설이기를 여러 차례. 급기야 그것을 속주머니 깊이 옮겼다.

'홍을 만나기 전까지는 절대 편지를 펼치지 않을 테다.'

그걸 읽는 순간 전쟁터로 곧장 달려가야 할 것만 같았다. 홍을 만나지 않은 채로는 못 간다. 얼마나 보고 싶었던 홍인가.

하린에 대한 질투도 잊은 채 너의 발걸음이 점점 더 빨라졌다. 두 소년이 경쟁하듯 걷기 시작했다.

7.
가족

영산포구에 도착한 돌배는 마침내 큰 숨을 내쉬었다. 싸늘한 모래바람에 온몸이 쓸려 갈 듯 냉기가 도는데도 발은 불나듯 후끈거렸다. 그나마 짚신이라도 온전한 놈으로 사 신은 게 천만다행이었다.

'허허, 돈이 좋기는 허네.'

진주에서 쌀을 팔아 모은 군자금을 흔들어 본다. 싸움도 하고 볼 일이라며 고개를 끄덕여도 본다. 마누라 보러 가는 발걸음이 가볍기 짝이 없다.

이젠 집으로 달린다. 집이라야 얼기설기 강변에 세운 움막이지만 다가가니 가슴이 콩닥거린다. 떨리는 손으로 방문을 열었다. 누운 채 돌아보는 마누라 팔에 빨간 떡 아기가 업혀 있다. 놀라 발을 들여 넣으며

동학 소년과 녹두꽃

소리쳤다.

"아니, 언제여? 벌써 애가 나왔소?"

그 소리에 놀란 아기가 응애응애 울기 시작했다.

"어제 새벽이어요."

돌배는 허겁지겁 아기 먼저 들여다보았다. 가슴이 벅차올라 터질 것 같다. 가슴을 움켜쥐어 본다. 험난한 싸움 중에도 새 생명은 소리 없이 꽃피워 줬구나. 고맙고 고마워 눈앞이 부옇게 흐려 온다. 눈물을 훔치며 다시 아기를 내려다본다.

"애썼네. 나도 없이."

그때서야 마누라가 가만히 손을 내민다. 그 손을 잡아 주었다. 손과 얼굴이 퉁퉁 부어 있다.

"김씨 아주머니가 도와줬어요."

주변에 사는 김씨 아주머니에게 산달이라고 부탁은 해 두었다. 그래도 아기가 이렇게 빨리 나올 줄은 몰랐다. 아기는 아직 눈도 못 뜨고 입술만 삐죽거린다. 돌배는 신기해 그 입술을 눌러 본다. 마누라의 목소리가 들린다.

"젖을 먹고 싶어 그러는 거래요."

"그럼 젖을 좀 먹이지."

마누라는 돌배를 바라만 본다. 눈물이 눈 골을 타고 흘러내린다. 코끝이 빨개진 채 코맹맹이 소리다.

"먹은 것이 없어 젖이 안 돌아요."

돌배는 가슴이 막혀 눈을 돌린다. 얼른 망태를 열어 쌀을 두어 줌 쥐고 부엌으로 갔다. 곧 밥 짓는 냄새가 움막에 퍼져 나간다. 아기 우는 소리, 그릇 부딪치는 소리, 고소한 밥 냄새로 사람 사는 집이 되었다.

산모는 꿀떡 같은 밥술에 미역국을 들이켠다. 벌써 얼굴이 발갛게 혈색이 돈 산모는 아기를 불끈 안고 젖을 빨린다. 아기가 꿀떡꿀떡 젖 빠는 소리가 우렁찬 걸 보니 건강한 녀석인 듯하다.

'저런 어린놈 굶기면 어찌 되겠는가.'

돌배는 산모와 아기를 바라보며 안 먹어도 배가 부르다.

'밥 한 그릇이면 저렇게 행복해하는데 뭘 해서라도 그건 해 주어야지.'

어느새 색색거리며 꿀잠을 자는 아기를 뚫어지게 바라본다.

'행복은 그다지 멀리 있지 않은 거네.'

돌배는 이제 가장이란 굴레가 행복하고도 두렵다는 생각이 든다. 산모와 아기는 세상모르고 깊은 잠에 빠졌다. 가끔씩 가르릉거리며 웃는 아기 배냇짓에 돌배는 저절로 웃음이 난다.

주머니에 감춰 둔 엽전을 꺼내 가만히 마누라 머리맡에 쏟아 놓는다. 내일 새벽이면 영산포구로 나갈 것이다. 머리를 부지런히 돌리며 작전을 짜 본다.

'그렇지, 춘석이 말해 주었던 명검, 바로 그것이야.'

오랜만에 새벽 영산포구 앞에 서니 감회가 새롭다. 어스름 동이 트기 전부터 물안개 냄새를 뒤집어쓴 채 돌배는 사람들을 나주 쪽으로 나르곤 했다. 잠이 덜 깬 상태로 나갔다가 나룻배가 뒤집어져 물귀신이 될 뻔한 적도 있었다. 이젠 모든 것이 다 추억이 되어 버렸다.

멀리 포구 앞에 낮은 절벽을 바라본다. 그곳에 작은 누각이 있어 포구 앞을 드나드는 왜군이나 나룻배를 일일이 지켜보는 관이 주둔해 있었다.

'춘석이 이야기했던 장수도 관에서 불러들이지 않았다면 필시 이곳에 있어야 하는데.'

나주야말로 남쪽 지방에서 동학군이 발을 붙이지 못한 유일한 곳이었다. 오죽하면 돌배도 푼돈 마련하려고 진주까지 가서 동학군 싸움에 가담했을까 말이다. 야금야금 나주로 들어온 일본군을 자극할까 봐 나주 부사도 엄청 신경을 쓰고 있었다. 돌배는 손뼉을 치며 중얼거렸다.

"그거야. 명검 '궁'은 틀림없이 장수 손에 있겠지?"

돌배는 더 이상 띄우지 않던 나룻배를 찾아 물에 띄웠다. 그리고 바위 누각이 있는 곳까지 갔다. 아니나 다를까 누각 위에 햇살을 등지고 선 관군의 모습이 시커먼 그림자처럼 서 있다. 옆구리에 둘러찬 길쭉한 칼도 보였다.

돌배는 속도를 높여 관군이 있는 바다 쪽으로 다가갔다. 고의로 배를 틀어 바위에 살짝 부딪치게 몰았다. 이내 배가 기우뚱하는가 싶을 때, 돌배는 일부러 물에 빠졌다. 얼마 후 바위 옆으로 기어오르며 그는 냅다 비명을 질러 댔다. 그 소리는 고요한 아침 강변을 울렸고 누각에

서 그림자가 튀어나왔다. 그림자의 옆구리에서 칼이 덜렁거리는 모습을 돌배는 놓치지 않았다. 다가온 그림자는 도포를 입은 장수였다.

"큰일 날 뻔했구나. 이만이나 해 다행이군. 사공이 잠이 덜 깼나 보오."

그가 손을 내밀어 돌배를 건져 올렸다. 물에서 한바탕 뒤집어지며 돌배는 캑캑거렸다. 그리고 물을 토하면서 까부라지고 말았다. 이마는 바위에 부딪쳐 벌겋게 찢겨 나갔다.

"날도 찬데 어쩌자고 이렇게 물까지 먹었단 말이냐? 어서 따뜻한 아랫목에 몸 좀 녹여야겠소."

돌배는 방으로 끌려와 곧 아랫목에 눕혀졌다. 억지로 물에 빠졌지만 겨울 물길이 생각보다 차가워 자칫 죽을 뻔했다. 한기가 드는 게 고뿔이나 안 걸려야 할 텐데. 그래도 장수에게 접근할 길은 이것뿐이었다. 굽어보는 장수의 옆구리에 걸린 칼집에서 '궁'이라는 글자가 보였다. 그걸 본 돌배의 눈이 번쩍 뜨였다.

장수는 돌배의 젖은 옷을 닦아 줄 적당한 천을 가지러 들락거리느라 바빴다. 엎드릴 때마다 칼을 젖히려고 애쓰다가, 아예 칼을 빼 놓고 돌배의 옷을 닦아 주었다. 돌배는 열심히 칼을 훔쳐보았다. 그러다 「남원도 '궁'」이라는 글자를 보고 쾌재를 불렀다.

'제발 칼을 두고 갔으면⋯⋯.'

장수가 칼을 다시 차는 모습을 보며 돌배는 신음했다. 하지만 일차 목적은 달성한 셈이라며 몸을 일으켜 앉았다.

"아이고, 덕분에 살아났습니다. 이 은혜를 어찌 갚아야 할지."

"큰일 날 뻔했소이다. 그런데 손님도 없는데 아침부터 웬일이오?"

"손님이 너무 없어 배가 곰팡이 슬 지경이라 배를 좀 띄워 봤습죠."

"위쪽 지방이 난리 속이라 장정들은 거기 몰려가고 아녀자들은 문을 단단히 걸고 숨어 버린 듯하오."

"굶어 죽게 생겼는디. 이 난리가 빨리 끝나지는 않겠지요? 그런데 장수님 칼이 보통 칼이 아닌 듯합니다. 혹시 그거 남원 대장간 칼이 아닌가요?"

돌배는 진주에 갔다가 한 소년을 만났다고 했다. 그곳에 동학 싸움 하러 갔다는 이야기를 할까 망설이다 동학 싸움이라는 말은 살짝 뺐다.

"그 어린 소년이 영산포구의 명검 이야기를 했어요. 그래서 그 칼의 위력을 알게 되었어요."

"흠, 신기가 넘치는 칼이오. 이곳이 왜군 출몰 지역으로 악명 높은데 이 칼로 한 차례 소탕 작전을 벌인 후론 왜놈들이 얼씬도 못했소."

장수는 칼집에서 칼을 뽑았다. 번득이는 파란 섬광이 한 다발 휩쓸고 지나갔다. 그는 도톰하고도 미끈한 칼등을 쓸어내리며 흐뭇한 미소를 지었다.

"이 칼은 춘향 대장간에서 오 대째 내려오는 장인의 손을 거친 칼이오. 친구 어사가 직접 대장간 소녀에게서 받아 왔으니 소녀의 순수한 혼이 서린 칼이기도 하고."

돌배는 떨리는 가슴으로 칼을 바라보았다. 대장간 소녀의 순수한 혼이 서린 칼이라! 중후하면서도 기품이 서린 칼이 돌배의 마음을 흔들고 지나갔다. 싸움하는 사람은 저런 멋진 칼을 보면 정신을 못 차릴 듯했다. 하물며 한낱 뱃사공인 자신이 이러는데. 이런저런 욕망이 그의 가슴속에 소용돌이쳤다.

장수는 칼집에 칼을 넣으며 투덜거렸다.

"포구의 이 좋은 시절도 언제 끝이 날지 모르겠어."

"그러게요."

나주까지 내려오는 동학군을 막느라 나주 부사도 안절부절못하고 있단다. 그러니 영산포구도 언제 일본군 손에 넘어갈지 하루 앞을 모르는 상황인 거다.

어쨌거나 시골 포구에서 '궁'의 가치를 알아주는 사람이 있다니 장수는 기분이 삼삼했다. 오늘은 뭔가 운수 좋은 날이다. 물에 빠진 사공도 구해 주고 칼 칭찬도 들었으니 말이다. 돌배는 장수의 환심을 사고 싶어 말을 덧붙였다.

"대장간을 돕던 그 어린 소년이 장수님께 꼭 인사 전해 달라고 했어요."

"그럼, 그 친구는 지금 어디 있소?"

"그 친구는 다시 남원으로 갔지요. 이곳저곳 떠돌아다니니 이번엔 어디서 만나게 될지 모르겠어요."

장수는 고개를 끄덕이며 좀 더 쉬다 가라며 말을 계속했다.

"내가 불침번을 서 온 영산포구 관아도 곧 없어질지 모르겠소. 일본군들이 그 장소까지 자기들 영역으로 삼으려 드니."

장수는 돌배에게 더 이상 자세한 이야기는 하지 않았다. 요즘은 친구도 서로 못 믿는 세상이 되어 버렸다. 하물며 알지 못하는 사공에게는 더욱 그랬다. 돌배 역시 내심 일본 놈이 누각을 지키건 관군이 지키건 조금치도 상관이 없다는 생각을 했다. 어디든 동학군이 차지하려고 전투가 벌어지는 곳에나 가야 돈 가루를 좀 만질 수 있을 것 같았다.

"난 다시 누각으로 나가 망을 봐야겠소. 나주에 들어오는 동학군을 막았다고 오늘 저녁에 축하연이 열린다니. 나도 관군 소속이긴 하지만 그다지 유쾌하지는 않은데 말이오."

돌배는 인사를 한 후 배를 타고 돌아왔다. 저녁 축하연에 다시 오리라 계획하면서 맘속으로는 이미 엄청난 거사를 꾸미고 있었다.

돌배가 다음으로 착수해야 할 일은 통문을 입수하는 것이었다. 통문이 있어야 다음 동학 싸움하는 곳의 소식을 접할 수 있다. 물건을 팔러 드나드는 보부상들이야말로 최적의 통문 전달자들이었다. 그들은 발품을 팔아 전국을 떠돌며 물건 파는 것 외에도 나라 돌아가는 상황을 제일 먼저 전해 주었다.

그리고 보니 나주로 입성하는 나름길에 주막이 있다. 그의 마음은 어느새 그 주막을 향해 달리고 있었다. 빨리 가기 위해 다시 물에 젖은 나룻배를 타기로 했다.

'이러니 내가 사공으로 벌어먹게 된 것도 조상의 음덕이다. 흐흐.'

그는 잠깐 배를 띄워 그곳에 도착해 뭍으로 올라갔다. 그곳은 뭍이나 해로로 오가는 보부상이 모두 입성하는 곳이라 안성맞춤이었다. 어느 사이 그는 주막 앞에 와 섰다. 올 것을 미리 알기라도 한 양 주모가 나와 돌배를 반겼다.

"어서 오소. 돌배 사공, 오랜만이네요."

주모는 이 난리 통 속에 애가 태어났으니 큰 인물이 될 거라고 했다. 눈까지 흘겨 가며 덕담을 퍼부었다. 김씨 아주머니가 돌배가 떡두꺼비를 보았다고 말해 주었다는 거다.

"사공, 떡두꺼비를 아무나 보나요?"

돌배는 주모의 덕담이 싫지는 않았다. 사람이 태어나는 일이 보통 일은 아닌가 싶어 어깨를 으쓱거렸다. 느긋한 행복감이 찾아들자 물에 빠진 전신이 노곤해졌다. 어서 집에 가 아기를 보고 싶은 마음이 꿀떡 같았다.

그는 주막 안으로 들어오며 사방을 기웃거렸다. 눈치챈 주모가 다가와 안쪽 상을 바라보았다. 모른 척 눈을 내리 깔고 돌배에게 눈을 찡긋거렸다.

'아, 통문이다!'

돌배는 그곳으로 다가가 막걸리 잔 아래 동전을 한 닢 놓았다. 물론 잔을 엎어 놓고 통문을 빼냈다. 대낮 국밥을 뜨는 사람들이 동학, 충청도 등등의 소리를 했다. 벌써 한잔 걸쳐 벌겋게 된 남정네 얼굴도 눈에 띄었다. 충청도라면 거리가 멀어 서둘러야겠다는 생각이 스쳐 갔다. 그나저나 그건 통문을 읽은 다음에 생각하자.

주위를 한 번 살피고는 슬그머니 나왔다. 부엌에서 술상을 챙기는 주모에게 다가가 동전 몇 닢을 쥐어 주었다. 주모는 눈을 크게 떴다.

"뭐여, 아기 엄마 국이나 끓여 주지."

"넣어 두어. 동학 싸움해서 번 돈이여."

돌배는 마누라와 아기가 있는 집으로 달리기 시작했다.

"술 한잔하고 가소."

돌배는 자기가 그럴 시간이 어디 있냐며 서둘렀다. 주모는 입을 비죽거렸다.

"쳇, 다른 때 같으면 돈 벌어 왔다고 꼬부라지게 퍼마셔 댈 텐데. 저러니 자식을 놓고 봐야 하는 거여."

포구 쪽에서 까마귀 두 마리가 꾸르륵거리며 돌배 머리 위를 배회했다. 친구 하자는 건지 구애하는 건지 알 수 없었다. 그는 까마귀를 올려다보며 크게 외쳤다.

"까불지 마. 나는 가족이 있는 몸이여!"

그는 움막집을 향해 내리 달리기 시작했다. 빨리 가서 아들을 안아 보고 싶다. 찬바람에 젖은 속옷도 바위에 찢긴 얼굴의 상처 같은 것도 이미 안중에 없었다.

8.
여선생 홍

하린과 너는 한 차례 주막에서 쉰 것을 제외하고는 줄곧 걸었다. 홍이 있는 곳이 가까워질수록 너는 마음이 불안해졌다. 제일 큰 걱정은 하린과 홍이 얼마나 가까운 사이인가 하는 것이었다.

하린은 모든 면에서 너보다 우월한 위치에 있었다. 타고난 뼈대 있는 집안에 훤칠하고 유능한 양반 자식으로, 다 갖춘 남자가 왜 산골에 들어가 고생을 하는지 모를 일이었다.

'홍과 혼인한 사이는 아닌 것 같기는 한데.'

그러나 차마 하린에게 물어볼 수도 없는 일이라 짐작만 할 따름이었다. 그럴수록 네 속이 부글거렸다. 도대체 이 점잖기만 한 소년의 정체가 과연 무엇일까? 한참을 앞장서 걷던 하린이 돌아보며 말했다.

동학 소년과 녹두꽃

"고을마다 젊은이들이 동학군으로 자원해 요즘은 젊은 남자 구경하기가 하늘에 별 따기네요."

길에서 마주치는 젊은 남자들이 안 보이자 한 말 같았다.

"정말 그렇죠?"

너는 동조하면서도 가슴이 떨렸다. 그가 속셈을 알아차리면 어쩌나 해서다.

'그가 동학에 나가면 분명히 홍과 함께 있을 기회가 적어질 텐데.'

너는 슬쩍 그의 눈치를 봤다. 아버지 살아 계실 시절 같으면 어림도 없는 일이라고 생각하면서. 그때는 양반과 함께 마주 보고 대화를 나누는 것은 상상도 할 수 없었다. 한참 만에 하린이 입을 떼었다.

"저희 아버지가 좀 깨이신 분이셨나 봅니다. 관직에서 밀려나면서부터 정치와는 손을 떼셨지요."

하린 부친은 몇 안 되는 양반 출신의 동학 운동가에 속했다. 동학인들과 함께 교조 운동을 하며 노비문서를 태우고 무기를 들고 고을을 지키는 데 헌신했다. 이미 내정되어 있는 과거 시험에 자식을 응시시키지 않겠다고 결심을 했던 분이다.

"저는 자연히 아버지의 영향으로 동학에 관심이 많았어요. 그러다 우연히 불란서 신부님을 만나 천주학에도 관심을 갖게 되었지요. 동학이 종교라기보다는 사람들의 생활 방침 같은 거라면, 천주학의 발상인 서학은 서양 문물을 전해 주면서도 종교를 많이 강조하죠."

"네."

너는 그의 해박한 지식이 부러웠다. 홍은 그렇게 풍부한 지식인을 좋아할 것만 같았다. 홍 역시 공부를 많이 한 아이니까 말이다. 벌써 속 깊은 대화를 나누는 홍과 하린의 모습이 어른거렸다.

"특히 서학은 자라는 아이들과 여성 교육에 중점을 두지요. 그 일을 하다 뜻을 같이하는 홍 누님을 그 학당에서 만난 거고요."

역시 생각했던 대로다. 너는 말없이 그냥 고개만 끄덕였다. '뜻을 같이하는 여자를 만나 얼마나 좋으냐?'고 되묻고 싶었다. 그런데 한 가지 희소식, 홍 누님이라니 하린도 너처럼 홍보다 나이가 어린 것 같다. 그러나 차마 나이는 물을 수가 없다. 남자 대 남자로 나서야지 치사하게 나이로 따질 일도 아니다. 막연히 하린이 더 어리길 바라본다.

어느새 너희는 민가가 제법 늘어선 마을로 들어섰다. 양쪽으로 난 골짜기 사이로 펼쳐진 분지에 집들이 옹기종기 모여 있었다. 천주학쟁이들의 피비린내 나는 처형장이 그 마을 바로 아래 평평한 들판에 있었다. 박해 당시 산과 골짜기로 종적을 감추었던 교인들이 이십 년이 지난 지금 이 마을로 모여들었다. 하린은 그 위쪽 고을에서 태어났다고 했다.

"조선이 불란서와 수교를 트니 학당 모임이 한결 수월해졌어요."

"그런데 서양 사람들이 애들을 유괴해서 판다고 쉬쉬하던데 불란서 사람도 그런가요?"

"무슨 그런 말씀을. 그건 헛소문이지요. 청군이 조선에서 물러나지 않으려고 이홍장의 신하가 유언비어를 날조한 겁니다. 서양인들이 유아를 납치해 판다고요."

"제 나라처럼 조선을 일본과의 전쟁터로 만들어 놓더니 그것도 모자라 날조한 거였군요."

"우리 공부방에도 불란서 선교사가 있어요. 우리랑 똑같은 조선 옷을 입고 똑같은 조선 음식을 먹어요. 포교하는 것 말고는 우리의 생활 습관이나 예절에 대해서도 털끝 하나 안 건드리지요. 한 밥솥에 같은 반찬 나누니 미워할 수가 없는 거죠."

"그런 점에서 평등을 실천하고 있네요."

하린은 네 말에 대답 대신 고개를 끄덕였다.

이윽고 초라한 기와집이 나오고 너희는 양철 문을 밀고 들어섰다. 안에서 아이들과 여자들의 글 읽는 소리가 들렸다. 맑은 겨울 햇살 속에 낭랑한 소리들이 깨어지며 희망이 샘솟듯 퍼져 갔다. 그 소리는 너를 어린 시절로 끌고 갔다. 학당이 파할 때면 학당 뒷문 정자나무 아래 숨어 홍을 기다렸다. 기다림이 길어질 때면 아버지의 목소리가 네 귓전을 울리곤 했다.

'춘석아, 너를 저 학당에 다니게 할 수 없어 미안타. 아비가 못난 백정이라 저들 축에 못 끼니 공부도 못 시키지. 소 잡아 주고 번 돈, 돈 있으면 뭐할꼬.'

"아부지!"

그때 왁자지껄 재잘거리는 아이들 소리가 들렸다. 얼른 풀 속에 수 그리고 숨어 있으면 홍의 발자국 소리가 다가오곤 했다. 홍은 너를 미리 보고도 모른 채 이곳저곳 돌아다니기도 했다. 너를 놀래 주려는 듯이.

"찾았다. 오늘은 여기 숨었네?"

홍은 네 손을 잡아끌고 너희만의 장소로 갔다. 잡풀들이 우거져 아늑한 곳에 앉아 홍이 언문을 한 자씩 가르쳐 주었다. 그때 홍과 함께한 시간은 꿀물 같았다. 어머니가 더운 여름 막 길어 올린 샘물에 꿀 한 숟가락 떠 넣어 후르르 저어 주던 그 달달한 맛.

걷어 올린 무명 저고리 팔뚝 위로 보이던 건강미 넘치던 어머니의 팔뚝. 지금 그 어머니의 푹신한 가슴에 안기고 싶다. 아니 홍의 부드러운 가슴에 안기고 싶은 건지도 모른다.

"덩치가 산만 한 놈이 왜 이려?"

어머니를 안으면 싫은 척 투덜거리면서도 어머니는 그 팔로 너를 꼭 안아 주셨다. 그러면서 네 가슴둘레가 커지고 어머니의 손이 맞닿지 않는 날이 다가오고 있었다.

"어서 들어가시지 않고?"

퍼뜩 정신이 들어 고개를 드니 교실 문 앞이다. 하린을 따라 발끝을 세우며 공부방으로 들어갔다. 앉은뱅이책상 한쪽엔 아이들이, 다른 한쪽엔 여자들이 앉아 부지런히 책을 읽고 있다. 가만히 들어 보니 「의적 홍길동」을 언문으로 읽는 공부였다. 하린이 낮은 소리로 말했다.

"요즘 아이들이 「홍길동전」을 읽고 있어요. 적서차별 타파, 부패 정치의 개혁 정신을 가르치는 이 책은 동학의 선구자라 할 수 있겠죠. 또 서양 문물을 가르치고 지혜도 전해 주는 서학도 조금씩 공부하죠.”

네 귀에는 지금 하린의 말이 들릴 리가 없다. 건성으로 대답한다.

“아, 예.”

앞을 바라보니 열일곱 살 여선생이 서 있다. 가슴이 뛰기 시작한다. 얼마나 그리던 얼굴인가. 동그랗고 뽀얀 이마가 돌출한 게 고집이 있어 보이지만 오똑한 코와 너무 잘 어울린다. 한 갈래로 묶은 긴 머리에 얼굴이 고운 홍이 아이들 사이를 돌아다닌다. 그 얼굴이 너를 볼까 봐 마음이 설렌다. 눈이 마주치면 눈을 찡긋해 줄까, 아니면 손을 들어 알은 체를 할까.

그러는 그녀가 너와 눈이 마주친 순간 너는 얼굴이 뜨겁게 달아오른다. 어린 시절 학당이 파한 후에 홍이 잡아끄는 대로 딸려 갈 때 상기된 볼도 이랬을 거다. 너는 슬그머니 네 볼을 잡아 본다. 그녀는 너를 못 본 척 아이들 책으로 시선을 돌린다. 하린이 낮은 소리로 말한다.

“여자들과 아이들이 재미있게 책을 읽고 스스로 새로운 세상을 배워 나가는 걸 보면 이 일이 무척 보람되기도 해요.”

“아, 예.”

너는 또 건성으로 대답한다. 홍과 대면해 무슨 말부터 해야 할지 머리가 복잡하다. ‘오랜만이야, 잘 지냈어. 너를 보고 싶었어.’라고 해 보다가 다 지워 버린다. 덥석 안고 사랑한다고 말해야겠다. 그러나 이곳은 보는 눈도 많고 학당이다. 아니, 그것보다 더 큰 문제는 너에게 용기가 없다. 사랑한다고 말해 주어야만 하는데 그 말을 할 수 있을까.

9.
사랑과 혁명

그때 종소리가 들렸다.

"댕댕댕."

아이들이 재잘거리며 몰려나왔다. 아이들은 처음 보는 덩치 큰 너에게 손을 흔들고 인사를 했다. 그 뒤로 나오던 여자들은 너와 홍 선생을 번갈아 힐끗거리기도 했다. 더러는 웃어 주는 여자도 있다. 그들의 얼굴은 기쁨으로 넘쳐 나고 전쟁의 그림자 같은 건 전혀 찾아볼 수 없다.

'배움에 빠지면 다 저렇게 변하는 걸까?'

여자들은 추수가 끝나고 밭은 얼어 농사도 못하니 글을 읽을 수 있다는 게 꿈만 같았다. 엄마들이 다 함께 돌아가며 아이들을 맡아 주는 방도 만들었다. 공부하는 동안 선교사들이 애들을 봐주기도 한다. 요리

동학 소년과 녹두꽃

하는 법, 농사짓는 법, 아이 키우는 법까지 국문으로 읽는다. 환한 세상이 아이들과 여자들 사이에서 봄 새싹처럼 번지고 있었다. 썰렁한 겨울인데도 그곳은 움트는 봄이었다.

'나도 이런 곳에서 홍과 함께 살고 싶다.'

간절한 마음으로 너는 마당을 바라보았다. 밖에서는 아이들이 깔깔거리며 하린을 쫓아다니며 놀고 있었다. 너에게 손을 흔들며 하린은 아이들과 함께 멀어져 갔다. 여자들이 모두 나간 후 홍이 너에게 다가왔다. 아니 달려왔다는 표현이 더 맞았다.

"보고 싶었어."

너는 동상처럼 말이 없다. 아까 만나면 말하리라 생각했던 것들이 어느 순간 다 날아가 버렸다. 너는 텅 빈 수숫대처럼 멍하니 서 있다. 순간 창밖 나뭇잎의 흔들림도 속삭이던 바람의 숨결도 멈췄다. 햇살에 떠다니던 먼지 빛다발까지 멈춘 듯했다.

정적을 깨듯 홍이 네 손을 잡아끌었다. 앉은뱅이책상 앞에 너는 앉혀졌다. 잡힌 네 손끝이 떨리고 얼굴이 달아올랐다. 가슴까지 욱신거렸다. 얼마나 크게 덜컹거리는지 홍이 눈치챌 것 같아 겁이 난다. 그렇게도 보고 싶던 얼굴이 코앞에 있다. 그러나 한 마디도 할 수 없다.

"건강해 다행이네."

홍이 먼저 말했다.

"으응. 홍 누님도."

대답을 하고도 너는 너무 멋쩍었다. 손을 부비며 주위를 둘러보았다. 나란히 정돈된 몇 개의 앉은뱅이책상 위로 노란 겨울 햇살이 넘실거렸다. 발그스레하던 빛살이 점점 기운을 잃고 쉴 곳을 찾는 듯했다. 벽 높이 십자가가 걸려 있다. 그걸 본 순간 너는 그리도 열심히 십자가를 섬기던 아버지가 생각났다. 그곳에 눈이 간 걸 눈치챈 홍이 말했다.

"여기는 불란서 선교사가 하는 학당이야. 아이들과 여자들이 공부하러 오면 선교사가 교리를, 우리는 국문을 가르치지."

요즘에는 언문을 국문이라 부른다며 알려 주었다. 너는 고개를 끄덕였다. 그런데 국문이라는 단어보다는 '우리'라는 단어가 확대되어 들린다. 너는 질투가 솟아오른다. 홍과 너는 '우리'에 소속될 수 없음에 절망한다. 그녀에게 '우리'는 너를 경계로 한 그녀와 하린만의 세상이다. 너는 지금은 물론 앞으로도 그녀의 우리가 될 수 없어 혼란에 빠지고 만다.

"여자가 먼저 배워야 나라의 기둥이 될 자식들을 잘 기르지. 여자 교육이 정말 중요한 거 같아."

홍은 너처럼 우리라는 단어에 전혀 신경 쓰지 않는다. 너는 그러는 홍의 마음에 상처를 주고 싶어 누님이라는 호칭도 빼 버린다.

"홍, 애쓰는 건 알지만 아버지를 혼자 두는 건 너무 심하지 않아?"

홍 안색이 변했다.

"무슨 상관이어? 아버지가 허락하셨거든. 남자들은 동학하며 나라를 구한다고 조선 팔도를 떠도는 판에 여자라고 집에서 살림만 하면 뭐혀? 프랑스 선교사들은 만리타국에서 자기네 선조들의 처형의 대가로 포교에 열을 쏟고 있잖아. 한양에 제일 큰 성당도 짓고 말이어."

"그런 껍질만 있는 큰 성당이 뭐 그리 대세라고? 홍이 말하는 서학이 대체 무엇을 가져다주었어?"

"무슨 소리를 그렇게 하는 거여? 대부님은 사람의 평등함을 제일 먼저 가르쳐 주고 실천한 분이셔. 그 교리를 바탕으로 우리는 글을 가르치는 거여. 우리가 깨어야 외세를 이길 수 있거든."

"동학도 인내천 평등사상은 똑같은데. 그런데 네 하느님이 해 주신 게 뭔데? 우리 아버지의 순교의 대가로 얻은 게 뭔지 나는 아직 모르겠어."

"춘석, 그러지마. 네 아버지는 지금쯤 하늘나라에 편히 계실 거여."

너는 못 들은 척 괜한 생트집을 잡았다. 너무 보고 싶었는데 왜 이러는 걸까. 홍을 어디론가 데려갈 수도, 데려갈 곳도 없다는 자괴감이 엄습했다. 그때 홍이 말했다.

"춘석, 지금 조선이 청과 일본의 싸움터가 되고 있어. 임금님의 잘못된 통치로 온 백성이 시달리고 있는 거지. 백성을 털벌레만큼도 여기지 않는 귀족과 관리들이 정말 지겹다. 불란서 혁명 때처럼 우리에게도 빛을 밝혀 줄 그런 사람이 나타났으면 좋겠어."

형이 했던 이야기를 홍도 하고 있었다. 너는 어느새 홍의 이야기에 끌려 들어가고 있었다.

"난 지금 그런 분을 만난 것 같긴 해."

너는 말을 흐렸다.

"춘석이 대단하네. 나는 네가 그러리라 생각했어."

"아, 그리고 보니 내가 하는 동학도 비슷하다. 그런데 처음에는 아버지의 사사로운 원수를 갚기 위해 나섰지만 이제는 외세와 싸우는 거여. 무식한 내가 나라를 위해 할 수 있는 건 이것뿐이거든."

"너는 정말 좋은 몫을 택한 거야. 나는 네가 좋아. 너를 얼마나 보고 싶었는데. 그러나 운명이 나를 그냥 놓아두지 않았어. 아이들을 위해 일하라는 소명이 나를 이곳으로 불러냈지. 너는 창을 들고 전선에서 싸우지만 나는 남아 있는 사람들에게 평등과 사랑을 전해 주며 그들을 위해 사는 거야."

너는 조용히 눈을 감았다. 진주에서의 싸움과 몇 군데를 떠돌며 오로지 홍만을 생각했다. 홍은 항상 대장간 거기서 그렇게 너를 기다릴 것만 같았다. 그러나 그녀는 지금 집을 떠나 외국인과 일을 하고 있다. 더구나 하린이라는 수상한 남자와 함께 말이다.

이제 더 이상 찾아올 고향이 사라졌다. 고향은 꿈이고 허상이었다. 아니, 너에게 고향이라는 건 애초에 존재하지 않았는지도 모른다. 네가 말했다.

"홍, 넌 변했어. 너에게 나를 기다려 달라고 애걸하지는 않겠다."

"너도 변했어. 나는 변한 네가 좋아. 우리는 각자 위치에서 최선을 다하는 거야. 그러나 너를 기다리겠지만 내 일을 버릴 수는 없다는 걸 이해해 주면 좋겠어."

홍은 너무 먼 곳에 있다. 너는 홍을 이해할 것 같으면서도 할 수 없다. 너도 너의 길을 가야 한다고 주먹을 굳게 쥔다. 다시 의심이 꼬리를 문다.

'홍이 저러는 건 정녕 하린 때문이 아닐까?'

홍의 '우리'는 어느새 네 맘에 깊은 상처로 들어앉았다. 이제 홍을 붙들어 맬 수는 없다. 그녀는 어느새 '우리' 안의 자유인으로 탈바꿈해 있었다.

"홍, 나는 이제 확실히 알게 되었어. 나의 원수는 아버지를 죽인 양반이었기에 그들을 처단하는 게 내 목표였다. 그러나 지금은 달라졌어. 청나라, 일본군 같은 외세가 나의 적이라는 것을."

"그러면 되었어. 나는 선교사를 좇아 나의 길을 갈 것이여."

"그럼 홍은 여기서 계속 썩겠다는 거여?"

"썩는 게 아니라 더욱 나를 발전시키는 거여. 아이들과 여자들의 영혼에 사랑을 불어넣고 글을 가르쳐 성장시키는 일이야."

"그런데 홍, 네가 믿는 대부는 힘도 실체도 없는 게 아니여? 우리 아버지를 보고 나는 느꼈어. 그러나 동학은 확실하게 나를 구하고 나라를 구할 거라 믿어."

홍은 눈을 내리깔고 생각에 잠겼다.

"춘석이 동학을 하며 떠도는 동안 내가 집에서 너만을 기다릴 수는 없어. 너를 사랑하지만 나도 숨을 쉬고 싶어. 대부님이 가르친 나를 희생해 다른 사람을 돕는 일은 춘석이 네가 나라를 위해 목숨을 걸고 싸우는 거나 똑같다고 생각해."

너는 고개를 떨어뜨렸다. 홍을 사랑한다고 간절히 말하고 싶었다. 그러나 그 말이 입 밖으로 나오면 벌써 사랑이 아닐 것만 같았다.

'홍과 집에서 편안하게 사랑을 하며 가족을 만들 날이 올 것인가?'

떠나야 할 시간이다. 너는 이내 결단을 내린다.

"홍, 네가 믿는 서학이건 동학이건 우리가 하늘인 거여. 우리 사랑하는 사람들이 함께 잘사는 세상을 만드는 게 혁명하는 목적이지. 그러기 위해 나는 또 전장으로 나가야 혀."

홍은 돌아서서 눈물을 훔쳤다. 눈물을 보이기 싫어서다. 너는 계속해 말했다.

"홍, 미안혀. 내가 널 다시 볼지 모르지만 아버지는 자주 가 뵈어라. 네가 누굴 선택하든지 내가 강요할 수는 없지만 이것만은 알아 둬. 너를 한 번도 잊은 적이 없다는 사실을."

홍은 뭐라 말을 하려다 흐느끼고 말았다.

"춘석, 넌 살아 돌아와야 혀. 내가 진정 사랑하는 사람은……."

너는 더 기다리지 않고 말을 끊었다.

"됐어. 더 이상의 말은 필요 없어."

너는 문밖으로 허둥지둥 나왔다.

"춘석이! 안 돼!"

달려온 홍이 네 손을 잡아끌었다. 공부방에서보다 엄청 센 홍의 힘에 압도되어 너는 끌려갔다. 몸을 맡긴 채 너희가 도착한 곳은 학당 뒤로 난 언덕배기의 대숲이었다.

그 순간 짙푸른 댓잎이 서걱대며 부산하게 부딪치는 소리가 몰려가고 몰려왔다. 겨울바람에 몸을 맡긴 채 너희는 격렬하게 포옹을 했다. 사각사각 댓잎 스치는 소리가 출렁이는 파도로 변하고 천지가 황홀의 도가니로 빠져들었다. 몸뚱이 아래로 부서지는 낙엽은 소리 내어 우는데, 하나 된 너희는 푸르른 대숲에서 태곳적 바람이 되어 떠돌았다.

10.
함성

    동학 농민군이 전주성을 점령하자 잔뜩 겁이 난 조정은 그들의 봉기가 조선을 위협한다며 청나라에 구원병을 요청했다. 이에 동학 농민군은 자기들로 인해 조선 땅에 외세를 불러들이는 건 자살행위나 다름없다고 생각했다. 전 장군, 김 장군, 손 장군 등 세 장군이 모여 대합의를 이루었다.

    "우리 동학 농민군은 관과 전주화약을 체결하고, 각 지역마다 집강소를 두어 관을 대신해 관리한다. 대신 청과 일본은 조선 땅에서 철수를 촉구한다."

    조정은 동학군에게 왜군 철수를 약조했으나 시간이 지나도 조정은 약조를 지키지 않았다. 청군과 일본군은 철수하지 않고 오히려 일본군은 대병력을 이끌고 한양으로 진군해 왔다. 날이 갈수록 일본의 세력은 강화되고 조선을 주무르다 급기야는 동학군을 말살시키라는 지령을 수행하고 있었다.

곧 성난 조선의 젊은이들이 들불처럼 일어서기 시작했다. 통문을 보고 조선 땅 곳곳에서 조선의 중간 지점인 논산으로 속속 모여들고 있었다.

"뭉치면 살고 헤어지면 죽는다. 모두 논산으로 모이자!"

통문이 주막마다 골목마다 나붙고 농민군들이 논산벌로 모여들기 시작했다. 바야흐로 동학의 행렬이 시작된 것이다.

대숲에서 홍과의 격정을 뒤로 한 채 너는 허겁지겁 통문을 펼쳤다. 홍과의 뜨거웠던 열정에 몸을 떨며 너도 전장의 대열로 뛰어들었다. 논산에서 봉기가 있을 거라는 통문에 정신없이 서둘러 길을 재촉했다.

논산 가는 길은 남도 쪽에서 밀려오는 동학 농민군으로 장사진을 이루고 있었다. 동남쪽에서 광양 순천에서 올라오는 길이라는 사람들도 만났다. 망태기를 짊어지고 표주박을 인 채 걷는 사람들로 충청도로 가는 길이 막힐 지경이었다. 너도 그들에 섞여 서둘러 걸었다.

'어서 김개남 장군을 만나야 한다.'

주위를 보니 수탈이 심한 전라도와 경상도 쪽에서 만만치 않은 농민군들이 올라오고 있었다. 소를 팔고 행장을 꾸려 식량을 준비한 사람들이 많았다. 민중의 소동이 두려워 수령도 위축되고 군영의 장수들도 입을 다물었다. 스스로 일본군에게서 나라를 지키겠다는 일념 하나로 하얀 옷의 농민군이 길을 가득 메우니 어느 누가 그들의 분노를 막겠는가.

너도 정신없이 걷는데 헉헉거리며 달려오는 소리가 들렸다. 너를 부르는 듯해 잠시 멈추어 섰다. 그러나 잘못 들은 거라며 가던 길을 재촉했다. 다시 부르는 소리가 들려 돌아보니 하린이었다. 눈을 몇 번이나 끔벅이며 잘못 본 듯하여 다시 보았다.

"아니, 하린이 어쩐 일이요?"

"저도 데려가 주세요. 제발."

너는 눈이 휘둥그레졌다. 하린이 뭔가 잘못 찾아왔다고 생각했다.

"여기가 어딘 줄이나 알고 왔소?"

"저도 사나이로 태어나 조선을 위해 싸워 보고 싶어서요."

기가 막혀 말이 나오지 않았다. 그러면서도 한편으로는 하린이 홍과 있을 시간이 적어질 테니 은근히 안심도 되었다. 너는 그런 생각을 하는 자신이 부끄러워 고개를 흔들었다.

"아니, 하린이 몇 살이오?"

"열다섯입니다. 형은 열여섯이지요?"

"내 나이는 어찌 알았지?"

"홍 누님에게 들었지요."

'아, 열다섯!'

하린을 보니 다시 홍이 떠올랐다. 이 열다섯 살 소년을 자신의 경쟁

상대로 생각한 게 갑자기 우스워졌다. 얼굴이 하얗고 지적인 그는 커다란 덩치의 너보다 훨씬 어려 보였다. 홍이 열일곱, 너는 열여섯, 하린은 열다섯이다.

그런 하린이 학당과 모든 걸 버리고 동학 싸움에 나서겠다니 도저히 이해가 되지 않았다. 너는 오랫동안 부모를 잃고 떠돌아 세상 물정을 좀 아는 편이지만, 이 어린 친구는 양반 부모의 치마폭에서만 자란 아이였다. 그가 재차 말했다.

"제발 제 갈 길을 막지만 말아 주세요."

네가 그의 길을 막을 권리는 하나도 없었다. 어쩔 수 없이 반은 내키지 않는 동조를 해 줬다.

"맞다. 사나이로 태어나 내 영달도 중하지만 나라를 위해 한 몸 불살라 봄도 바람직하지."

하린은 처음으로 전장에 나오는 거라고 했다. 서학을 공부해 지리나 세상 돌아가는 이치는 누구보다 앞섰지만 싸움에는 초짜였다. 그는 흥분했다.

"동학군을 말살시키라는 지령을 수행하는 일본군을 보세요. 조선이 청과 일본에게 엄청 큰 멍석을 깔아 준 거죠. 전쟁터를 마련해 준 거라고요. 그 꼴을 보고서 안락하게 아이들하고 책만 읽을 수는 없었어요. 몸은 학당에 있어도 마음은 콩밭에 있었지요. 매일 편안한 게 죄스러워 몸부림쳤는데 춘석 형이 나타난 겁니다."

"좋아. 나라가 남의 손에 넘어가느니 차라리 우리 목숨과 바꿀 수 있다면 우리 함께 싸우다 죽자."

너는 벌써 하린이 전우라도 된 듯 반가웠다. 홍에 대한 연정도 하린에게 품었던 질투도 사라진 채 너희는 앞서거니 뒤서거니 걸어갔다. 얼마나 흰옷 입은 농민군이 많이 모여드는지 길바닥이 하얀 눈으로 덮인 듯했다. 그들은 어깨에 죽창과 농기구를 걸머지고 대행진을 하듯 꾸역꾸역 모여들었다.

김개남 장군이 보이지 않아 너는 애가 탔다. 만날 사람이 더 있었으니 형과 뱃사공 돌배였다. 너는 하린에게 말했다.

"충청도 쪽에서 올 형과 남도에서 올라올 돌배 형과 약조를 했는데 여태 보이지 않네. 뱃사공 돌배라고."

"알았어요. 찾아봅시다."

둘은 열심히 사람들 사이를 헤집고 다녔다. 아무리 봐도 괴나리봇짐을 진 털보 돌배는 보이지 않았다.

너희들은 포기하고 사람들 사이에 섞여 진을 치고 앉았다. 사람들은 아직도 꾸역꾸역 끝없이 모여들고 있었다. 물이 고랑에 흘러들고 들불이 들판에 번지듯 민중이 왔다.

얼마 후 멀리서 진한 갈색 얼굴이 보였다. 어깨에 멘 죽창이 무명천으로 둘둘 말아져 더욱 눈에 띄었다. 사방을 바라보며 누군가를 찾는 사람은 틀림없는 돌배 형이었다. 너는 반가워 만나자마자 소리쳤다.

"돌배 형! 애는 잘 낳았어요?"

"창피하게. 그거야 마누라가 낳지 내가 낳냐?"

동학 소년과 녹두꽃

"그런디 웬 죽창이 그리 요란혀요?"

"뭘, 좀 그런가?"

돌배는 죽창을 고쳐 메며 자랑을 시작했다. 태어난 새끼가 얼마나 예쁜지 사람 사는 재미가 난다고 했다. 어서 전쟁해서 돈을 벌어 가야겠다는 돈타령은 예나 지금이나 똑같았다. 너는 돌배에게 하린을 소개했다.

"이 친구는 하린이, 여긴 돌배 형님."

돌배가 하린을 힐끗 보았다.

"이 친구도 여기 싸움하러 온 거여? 우리 같은 것들과는 전혀 안 어울리는 종족인데."

"형님도 참. 애국하는데 찬밥 더운밥 가리게 되었소?"

"춘석이 그동안 많이 변했네. 이제 말도 제법 하고 신수가 훤해진 것 같아. 좋은 일 있었나 봐."

그는 능구렁이처럼 너를 꿰뚫어 보았다. 도둑이 제 발 저린다고 너는 가슴이 두근거렸다. 홍과 대숲에서 격정 후 만사가 초록빛으로 보인 건 부정할 수 없었다.

"뭘요."

순간 홍을 떠올리자 한바탕 격정이 온몸을 휘감아 내렸다. 하린이 눈치챌까 봐 가만히 큰 숨을 내쉬었다. 너는 돌배에게 물었다.

"그런데 형은 영산포 쪽에서 올라오는 길 아니었어요?"

돌배가 얼버무리는 듯 대답했다.

"그게, 일이 있어서 좀 돌아온 거여."

"아, 형이 윗지방 쪽에서 내려오는 듯해 궁금해서요. 어쨌든 다시 만나 정말 반가워요."

아무리 김개남 장군을 찾아도 그는 보이지 않았다. 그런데 그때 언덕 쪽을 바라보며 사람들이 어수선해졌다. 모두 눈길이 쏠리고 사람들이 숙덕였다.

"저기 손 장군과 전 장군이시네."

전 장군의 우렁찬 목소리가 그 넓은 벌판에 울려 퍼졌다.

"이번 전투를 위하여 조선 천지에서 먼 길을 달려온 우리 동지들에게 뜨거운 감사를 드린다. 우리의 이 뜨거운 열정으로 아무리 단단한 바위라도 뚫고야 말 것이다."

모두 심기를 가다듬고 장군 말에 집중했다. 주위는 고요한데 차가운 바람이 누런 들판을 울리고 갔다. 멀리 언덕 위를 가르는 바람이 제법 매섭게 불어 젖혔다. 그런데도 전 장군이 외치는 소리가 흩어지지 않고 모여 크게 울려 퍼졌다.

"양반은 기생충과 다름없고 관리는 민중의 피를 빨아대는 흡혈귀였다. 죽은 사람에게도, 태어난 지 갓 3일 된 아기에게도 세금을 거두던 조선의 양반들. 우리는 그들에게 당하던 죽음보다 못한 삶을 거부한다. 이제껏 반봉건을 위한 혈전이었다면 지금부터는 척양척왜를 목표로 삼는다. 관군은 드디어 일본을 불러들였다. 우리는 필히 조선을 외세로부터 지키기 위해 이 전투를 치른다."

앞에 진열한 북이 '쿵쿵쿵.' 울렸다. 농민군이 '우우.' 소리치며 합세했다. 전 장군은 계속 말했다

"나와 손 장군은 이곳에서 우금치를 경유하여 한양으로 입성할 것이며, 김개남 장군은 지금 삼례에서 올라오는 중이다. 그 부대는 논산벌 왼쪽에서 측면 공격을 개시하기로 했다."

이번에는 징이 울리며 북과 합세했다. 온 들판이 벌써 승리로 들떠 있었다. 농민군은 환호하고 손뼉을 쳤다. 논산벌에 모여든 장정들 소리가 어마어마했다.

너는 소리를 들으며 주위를 돌아 형을 찾았으나 형은 눈에 띄지 않았다. 하기야 이 많은 군중 속에 형을 찾기란 하늘의 별 따기다. 아무리 키 큰 형이었지만.

'형은 조선 전체가 떠들썩한 이 싸움 소식을 모르는 걸까?'

자꾸 아쉬운 마음에 사방을 기웃거려 본다. 전 장군의 목소리가 다시 들판을 울렸다.

"오늘부터 며칠간 무기를 다루는 훈련을 할 거다. 총 수량이 많지 않으나 총 쏘는 걸 가르쳐 줄 예정이다. 죽창 다루는 법, 그리고 여기 뒷산 대숲에서 죽창과 장태 만들기를 하면서 전투를 준비한다."

돌배가 크게 외쳤다.

"전투 개시일이 언제입니까?"

너는 돌배 옆구리를 가볍게 치며 그런 건 왜 따지냐고 한다. 돌배는 얼른 입을 다문다. 장군이 곧 대답했다.

"그건 아무도 모른다. 극비 사항이며 오늘 밤이라도 당장 작전 명령이 떨어질 수도 있다. 우리의 정보가 새 나가지 않도록 농민군은 논산벌 안에서만 주둔하라. 겨울이라 차가운 밤공기가 무섭지만 우리 같은 동학 귀신들 앞에서는 쪽도 못 필 거다. 우리는 뭉치면 살고 흩어지면 죽는다. 우리는 함께한다."

"함께한다!"

황량한 논산벌이 젊음의 함성으로 물결쳤다.

11.
김개남 장군

　어디선가 피리 소리가 들리고 꽹과리가 한 자락하는 소리가 들렸다. 자리를 잡고 저녁 준비를 하던 농민군들이 놀라 고개를 돌리니 남쪽에서 푸른 깃발이 유난히 펄럭거리며 동학 농민군이 움직여 오고 있었다. 무리가 점점 가까워졌다.

　"와! 저 생기 덩어리 소년 좀 봐라!"

　"힘센 약 붕어가 퍼덕이는 듯하네."

　농민군들 모두 일어서서 덩실거리며 손뼉을 쳤다.

　"어라, 어라. 동학군 나가신다!"

　장정의 어깨에 업힌 깃발소년이 어깨가 떨어져라 깃발을 흔든다. 숫자가 제법이라 길게 움직이는 모습에 주둔군들도 신바람이 났다.

다가오는 농민군과 주둔군 모두가 '피리리' 피리 소리에 맞추어 덩실덩실 춤을 추었다. 앞장선 사람들 속도가 늦어지더니 맨 앞으로 나선 건 털보 김개남 장군이었다.

"와, 김개남 장군이시다!"

사람들이 일어서 환호했다. 어디에선가 걸어 나온 전 장군이 진을 치며 따라오는 농민군에게 다가갔다.

"김 장군, 그리고 동학 농민군 여러분, 논산벌 입성을 환영하오."

전 장군이 먼저 논산벌에 진을 친 농민군을 돌아보며 말했다.

"여기서 혹시 김 장군을 따라갈 자 있으면 즉시 따라나서라. 이곳에 주 부대가 남고 김 장군이 이끄는 부대는 측면에 진을 칠 것이다!"

김 장군은 계속 걸으며 소리쳤다.

"자 나를 따를 자, 나를 따르라!"

그의 우렁찬 소리가 논산벌을 쾅쾅 울렸다. 돌배가 말했다.

"우리 진주 싸움에서 돈 벌어 줬던 장군이셔. 어서 가자."

"하린, 내가 기다리던 김 장군이시다. 어서 가자."

돌배가 숙덕거렸다.

"김 장군을 따르는 사람들 알지? 거의 재인(고려, 조선 시대 때 사냥이나 잡희에 동원되었던 집단)이나 백정, 혹은 창희(전통적인 판소리나 그 형식을 빌려 만든 가극)를 하는 사람들이여. 우리한테 딱 맞는 곳 아닌가?"

너는 얼른 김 장군 앞으로 달려갔다. 하린도 따라 나갔다. 걷던 김 장군이 너를 보자 반색을 하며 멈춰 섰다.

"여기서 기다릴 줄 알았다. 춘석아, 어서 가자."

너는 이름까지 기억해 주는 김 장군이 고마워 가슴이 뭉클했다. 온 힘을 다해 그분을 따르리라. 당연히 네 뒤로 돌배와 하린도 우르르 따라나섰다. 그들 외에도 수십 명의 우락부락한 장정들이 그들 뒤로 붙었다. 김 장군이 전 장군에게 손을 흔들며 말했다.

"자, 가겠소!"

전 장군이 다가와 뭔가 귓속말을 주고받았다. 김 장군이 소리쳤다.

"우리 군이 주둔할 곳으로 어서 가자. 늦기 전에."

김 장군을 따라 농민군은 누런 풀이 누워 버린 들판과 논산벌을 가로질러 북으로 전진했다. 더러 진주 농민 봉기에서 만났던 이들도 눈에 띄었다. 서로 눈도장을 찍으며 알은체를 했다. 너희가 거의 목적지에 도착할 때쯤 돌배가 장군 옆으로 나서며 읍했다.

"무슨 일이냐?"

"저는 뱃사공 돌배입니다."

김 장군이 한참 바라보았다.

"아, 영산포구서 일본 놈 건네주었다는 사공 아니냐?"

돌배는 내심 놀라면서도 태연한 표정을 짓는다.

"기억력이 출중하십니다. 그런데 저쪽으로 가시지요. 보여드릴 게 있습니다."

"잠깐, 저 깃발소년이 너무 고단할 테니 먼저 쉬게 해야겠다."

돌배는 엉거주춤 물러났다. 장군은 인산인해를 이룬 농민군을 돌아보며 선봉에 선 깃발소년에게 치하를 했다. 소년은 김 장군에게 연신 절을 했다.

"저는 꿈에도 그리던 동학군의 깃발선봉장이 되었어요. 내일 전투에서 죽는다 해도 문제없어요. 조선 최고 동학 농민군의 푸른 깃발을 들었으니까요."

아이 말을 들은 농민군 모두 가슴이 먹먹했다. 어린 소년의 끓어오르는 뜨거운 나라 사랑에 가슴이 찡했다. 장군이 나서서 소년에게 말했다.

"얘야. 이제 좀 쉬어라. 피곤할 텐데."

깃발소년 둘이 손을 잡고 뛰어갔다.

"저희들은 피곤하지 않아요. 아저씨들 어깨에 업혀 깃발만 흔들었을 뿐인걸요."

아이들은 물 찬 제비처럼 달려갔다. 바라보기만 해도 기분 좋은 보물들. 물을 한 모금씩 받아 마신 아이들이 손을 잡고 폴짝거리며 노래했다.

동학 귀신 동학 귀신
어디까지 왔나 공주까지 왔지
동학 귀신 동학 귀신
어디까지 왔나 한양까지 왔지
네 집으로 돌아가면

안 잡아먹지 안 잡아먹지.

하린이 너에게 귓속말을 했다.

"학당에서도 아이들이 부르던 노래예요. 못 부르게 할 수도 없었어요."

"그래, 관군이 만들어 퍼뜨린 노래 같던데."

김 장군이 눈을 동그랗게 뜨고 혀를 찼다.

"쯧쯧. 동학 귀신 무섭다고 돌아가라는 노랜가?"

그걸 만드는 관군의 능력이 놀랍고도 괘씸했다.

"쯧쯧. 얼마나 동학군이 무서웠으면 어린것들을 선동하는 노래까지."

하린이 계속 너에게 속삭였다.

"춘석 형, 나보다 어려 보이는 아이들이 동학군의 깃발소년 노릇을 하네요!"

"동학군이 나갈 때 저 생기 덩어리를 앞세우면 사람들 사기가 충천한다네. 앞장선 소년들이 간혹 적의 총알이나 화살에 맞기도 하지. 죽음을 무릅쓴 저리 씩씩한 어린아이들에 비하면 우리는 아직 멀었어."

"아, 나는 그런 걸 왜 여태 몰랐을까요?"

"하린, 자책하지 마. 우리는 나름대로 자신의 위치에서 최선을 다하면 그게 애국인 거여. 남자는 남자대로 여자는 여자대로."

너희 뒤로도 엄청 많은 농민군이 따라오고 있었다. 김 장군은 높은 돌 위에 섰다. 모두 그분 주위로 둘러앉거나 서거나 했다.

"팔도 각지에서 여기까지 나를 믿고 달려와 준 우리 동지들에게 뜨거운 감사를 드린다. 우리는 이제 조선을 구할 자들이다. 평등한 세상을 만들기 위해 여태 숱하게 싸웠다. 수탈하는 관리를 처단했고 노비 문서를 태웠다. 우리 동학 농민군은 불의와 부정을 막기 위해 혁명을 했다. 그렇게 빼앗은 보화를 굶주린 자에게 나눠 주는 의적이었다."

농민군이 손뼉 치며 환호했다. 김 장군은 계속 주위를 둘러보았다.

"그러나 이번엔 조선에 흑심을 품고 천지에 퍼져 우리를 괴롭히는 외세를 처단해야만 한다. 무엇이 두려운가? 우리를 넘보는 외세 처단을 위해 불같이 일어서자."

농민군은 다시 환호했다.

"이대로 우리 동포의 씨를 말리려는 일본의 침략 앞에 절대 굴해서는 안 된다. 조정에서는 일본을 앞세워 우리 동학 농민군의 씨를 말리려 하고 있다. 외세를 반드시 조선 땅에서 몰아내야 한다. 이번에 실패하면 영영 우리는 나라 없는 나라에서 살게 될 것이다."

농민군이 소리쳤다.

"나라 없는 나라에서 살기는 싫다."

"우리는 자유와 평등을 위해 싸울 것을 천명한다."

"외세를 몰아내자!"

농민군은 팔을 높이 들어 계속 구호를 외쳤다. 그때 돌배가 무명천으로 싼 긴 물건을 들고 장군 앞으로 나갔다. 그는 장군이 불러 주기를 더 이상 기다릴 수 없었던 듯했다. 모두 고개를 갸웃거렸다.

"이것이 무엇이냐?"

돌배가 한 자락씩 말아 놓은 헝겊을 풀어 내리자 시커먼 칼집이 드러났다. 칼집 그대로 그걸 장군에게 내밀었다. 장군이 칼집을 벗기자 긴 칼이 검기를 번득이며 드러났다.

"와! 저 대단한 남원 칼, 들어 본 적 있어."

"저것 봐. 시퍼런 빛을 품고 있다."

"남원도 '궁'이라고 쓰여 있는 것 보이지?"

너는 기겁할 정도로 놀랐다.

'앗! 어떻게 저 칼을.'

가슴이 쿵쿵 울렸다. 홍이 그렇게도 사랑하던 칼이 지금 여기에 있다. 순간 후회가 치밀었다. 돌배에게 칼 이야기를 한 게 커다란 실수였을까. 그러나 다음 순간 꼭 그렇지 않을 수도 있다는 생각이 들었다. 김 장군의 눈빛이 번쩍였다.

"이것은 그 유명한 남원의 명검이 아닌가?"

돌배가 장군을 향해 다시 읍했다. 농민군 모두 침을 삼키며 칼을 바라보았다. 돌배가 다시 가슴을 펴고 어깨를 흔들며 한 바퀴 돌았다.

"예. 그래서 제가 우리 장군님께 드리려고 구해 오지 않았겠습니까? 헤헤."

장군은 돌배 말에는 답이 없었다. 칼에 관심이 쏠려 칼만 만지작거렸다. 이내 칼집에 칼을 넣었다 다시 빼자 모두 십 리는 뒤로 물러섰다.

성질 급한 장군은 단박에 칼을 휘둘러본다.

쌩쌩 칼 휘두르는 소리가 논산 들판을 가르며 회오리바람 소리를 냈다. 모두 농민군임을 잊어버린 채 칼 구경에 넋을 잃었다. 두어 번 칼을 휘두르던 김 장군이 칼을 세웠다. 그리고 천천히 주위를 둘러보았다. 그의 용맹스런 눈길에 모두 빨려 들고 있었다.

"명심할 것 첫째. 칼을 쓸 줄 아는 사람만이 칼을 써야 한다. 그렇지 않을 때는 패가망신이다."

모두 고개를 끄덕였다.

"명심할 것 둘째. 칼이 사람을 살리는 칼이 되어야지 사람을 죽이는 칼이 되면 아니 된다."

모두 조용하다. 칼을 다룬 적은 별로 없지만 장군 말을 가슴에 담는 듯하다.

"그런데 어떻게 이런 좋은 칼을 입수했지?"

돌배는 갑작스런 장군의 말에 곤혹스럽다. 그 칼을 훔치려고 애썼던 기억이 새삼스레 떠올랐다. 연회에 참석해 술에 취한 장수의 옆구리에서 칼을 훔쳐 낼 때의 아슬아슬했던 심정이라니. 그래도 정말 깨소금 맛이었다. 지금쯤 장수는 칼을 잃어버리고 누렇게 떠 있을 거다.

'흐흐, 그러거나 말거나 내 목적만 달성해 돈만 벌면 되는 거야.'

"어떻게 입수했느냐고 묻고 있다."

쩌렁쩌렁한 장군의 목소리에 퍼뜩 정신이 돌아온다.

"사실 이 칼은 영산포구에서 장수가 왜구를 물리칠 때 썼던 칼로 알고 있습니다. 장수는 나라에 소속된 몸이라 동학에 참여할 수는 없지만 일본군 방어에 적극 동조한다 했습니다. 그래서 이 칼을 저에게 전해 달라고 했습죠. 특별히 동학의 대가 김개남 장군님께요."

"그래, 칼을 남도 끝에서 이 멀리까지 운반하느라 애썼다."

돌배는 안도의 숨을 내쉬며 고개를 숙여 답했다.

"모두 장군님을 위한 거지요."

장군은 뭔가 생각하는 듯 한참 칼을 내려다보았다.

"그렇다면 이건 남원 칼이니 그 고을 출신에게 맡기면 어떨까?"

너는 덜컥 가슴이 내려앉았다. 그러나 설마 장군이 너를 지목할 리는 없다면서 머리를 저어 댔다. 장군이 칼을 이리저리 흔들며 돌배 앞으로 다가갔다. 주위를 둘러보며 누군가를 찾는 눈치였다.

"저기, 춘석이 나와라."

"와!"

모두 함성을 질렀다. 네 옆 사람에게 떠밀려 너는 앞으로 나갔다.

"너야말로 남원 출신 아니냐? 네가 힘이 장사인 건 알고 있다마는 칼을 부릴 줄 아느냐?"

"장군님, 저는 칼을 부릴 줄 모르는데요. 제가 어찌 이런 명검을 소지할 자격이 되겠어요?"

"내 눈이 그리 틀리지는 않을 거다. 비록 네가 나이는 어리지만 당차고 훌륭한 칼잡이가 될 거다. 오늘 달밤에 나에게 오너라. 가르쳐 줄 테니까."

돌배는 눈을 휘둥그레 뜨고 칼을 바라보기만 했다.

'내가 어떻게 장수 눈을 속여 훔쳐 온 칼인데 춘석에게 주다니!'

김 장군이 다시 돌배를 향했다.

"참으로 돌배 공이 지극하구나."

"감사하옵니다."

돌배는 고개를 숙이며 물러났다. 그러면서도 돌배는 그 신검이 네 손에 들어가게 된 것이 못마땅했다. 그때 김 장군의 목소리가 울렸다.

"이번 전투에 승리하여 명검을 보내 준 대단한 장수를 꼭 만나 보고 싶구나. 지금 일본군은 최신식 무기로 무장하고 있다는 소문이 자자하다. 우리 군은 무기라면 죽창 하나로 열세를 면치 못하나 뜻이 있으면 길이 있는 법. 우리는 항상 준비 태세로 지내자."

"예, 알겠습니다!"

사람들 목소리가 논산벌을 울렸다.

"어쨌거나 우금치 전투 투입 명령이 떨어질 때까지 우리는 여기 머물며 전투 준비를 한다."

성질 급한 김 장군은 하루라도 빨리 전투를 시작하고 싶었다. 본영의 지시를 기다려야 하는 게 때론 못마땅했다. 뜸을 들이며 왕정복고를 주장하던 온건파 전 장군과 뜻이 달라 가끔 곤혹스러울 때가 있었다. 그래도 동학군은 불의와 부패에 함께 항거한다는 본질에 대한 생각은 확고하게 일치했다.

너는 진주에서 김 장군을 본 순간부터 사사로운 복수와 증오로 점철된 너의 삶이 송두리째 바뀌고 있음을 알았다. 나라를 위해 한목숨 바치겠다는 강렬한 생각이 용솟음쳤다. 하린이 작은 소리로 입을 떼었다.

"나도 귀동냥했지만 한양까지 김 장군 소문이 자자해요. 살인귀라고 말이오."

"성질이 불같대요."

"맞아요. 그리고 싸움을 잘해 적군이라면 다 잡아들인대요. 일본군도 김 장군이라면 벌벌 떤대요."

"집이 엄청 부자였대요. 그런데도 천민들을 끌고 동학하러 다니는 걸 보면 관대하기 이를 데 없는 분 같소."

네가 웃으며 말했다.

"어려서 참외 서리를 한 게 아니라 돼지 서리를 했다는 말이 있어요."

"통이 크신 양반이라 역시 다르네."

하린이 말했다.

"서당 선생이었는데 논어나 서학보다는 「병서」를 더 좋아했대요. 그리고 정약용 선생의 유명한 「경세유표」까지 탐독하셨대요."

너는 곰곰이 생각했다. 「경세유표」가 무슨 책인지는 모르지만 야성적인 공격력에 지식까지 겸비한 분이라니 더욱 우러러보였다. 그런 분이 너에게 칼을 주셨다. 홍의 신검 '궁'이 너에게 흘러들어 온 것은 예삿일이 아니다.

'뭔가 운명적인 만남인 게 분명한 거다.'

너는 가슴이 터질 것만 같았다. 그 귀한 칼을, 그것도 홍의 칼을 손에 넣게 되다니 이게 꿈인가 생시인가 싶었다. 너무 운이 좋은 게 불행을 자초하지 않을까 걱정이 될 지경이었다. 숙연한 마음으로 '궁'을 더듬어 보았다.

거기서 홍의 숨결이 솟아오르는 듯해 너는 가슴이 더 뜨거워졌다. 한때는 아버지를 참수하는 데 쓰였던 '궁'에게 얼마나 큰 원한을 가졌던가. 지금도 그것이 완전 사그라진 것은 아니지만 지금 그 '궁'이 네 손에 들어와 있다. '궁'의 의로운 자태가 네 마음가짐을 새롭게 했다.

'김 장군이 모순과 부조리에 가득 찬 현실에 울분을 삼키며 서당훈장도 했다는데. 나는 나라를 위해 무엇을 해야 하지? 이 심란한 조선의 앞날을 위해.'

그때 김 장군이 소리 높여 말했다.

"이번에 승리하면 우리 조선의 미래는 환하다. 위아래서 우리를 괴롭히는 청과 일본 그리고 시시각각 조선을 노리는 서방 여러 나라들에게 본보기를 보여 주는 것이다. 우리에게 실패란 없다."

"실패란 없다!"

농민군들의 기세가 하늘을 찌를 듯 우렁찼다. 모두 죽창을 올려 대며 만세를 외쳤다. 장군이 결심한 듯 말했다.

"우리 군은 전 장군 부대가 먼저 우금치로 공격해 들어간 다음 측면에서 침공을 도울 계획이다. 그러나 그전에 긴히 수행할 임무가 주어졌다."

　모두 귀를 쫑긋 세우고 작전을 기대했다. 김 장군이 외쳤다.

　"모두 잘 들어라. 모두 저쪽 대밭으로 가서 죽창을 만들어 전투에 대비하라. 우리가 수집한 화승총이 수십 구 있으니 그걸 쓸 자들은 훈련이 필요하다. 저녁 식사 전에 급히 전략을 짤 게 있다. 춘석, 돌배, 하린이는 나를 따라오너라."

　장군은 앞장서다 다시 돌아서 소리쳤다.

　"저녁 당번은 밥을 좀 넉넉히 지어 배불리 먹이도록 해라. 며칠 진군하느라 모두가 허기졌을 것이다."

　장군을 따라가며 너희는 새로운 임무에 가슴이 설레었다. 들판 한쪽에 잎을 떨어뜨린 앙상한 뽕나무가 두어 그루 서 있는 곳에서 멈췄다. 군데군데서 장작 피우는 연기가 올라가고 있었다. 밥 짓는 냄새가 구수하니 고향이 생각났다. 하린이 낮은 소리로 너에게 속삭였다.

　"형, 이렇게 평화로운데 여기서 전쟁이 멈추면 안 되는 걸까요?"

　"그럼 인류의 역사가 멈추게 되겠지."

　너는 다시 생각에 잠긴다. 그렇다면 전쟁은 계속되어야만 하는가.

12.
별동대 작전

"우리는 별동대다!"

초저녁 겨울 들판엔 어느새 어둠이 내려앉았다. 어둠 속에서 김 장 군은 전 장군에게 위임받았다며 선언을 했다.

대원들이 '우우.' 환호하며 둥그렇게 원을 지어 앉았다. 그때 김 장 군이 뽕나무 사이로 난 길 건너 언덕 쪽을 가리켰다. 그곳 멀리 장정 두 명이 짐을 멘 채 어슬렁거리며 걸어오고 있었다. 그들이 어둠 속에서 뽕나무 쪽으로 다가왔다. 장군은 늦은 시간에 찾아오느라고 애썼다면 서 치사를 해 줬다.

발을 절뚝이며 걸어오는 유난히 키 큰 장정이 눈에 띄었다. 희미한 달빛 아래 비친 얼굴은 형이 분명했다. 네가 달려 나가자마자 너희는 포옹을 했다. 옆에서 대원들이 키득거리며 꼭 여자들 같다고 놀렸다.

"형님. 얼마나 기다렸는데."

"분명히 네가 이 부대에 있으리라 생각했지. 오는 길에 발을 삐어 쉬어 가며 왔더니 이렇게 늦었네."

"그 발로 여기까지 찾아오다니 정말 다행이야."

그 옆에 서 있던 장정이 네 어깨에 손을 얹었다.

"나야, 천수."

"천수라고?"

"벌써 잊었나? 진주 관아에서 자네가 살려 준 관졸 천수라네."

"아, 몰라봐 미안. 그런데……."

"그런데 웬일이냐고? 그때 창고에서 결심했지. 마을 사람들에게 관아 쌀을 훔쳐 나누어 주는 게 멋진 의적 같아 보였어. 그리고 자네가 나에게 말했지. 나도 너희와 똑같은 종놈에 불과하며 나라의 녹을 먹는 것만 다르다고. 곰곰 생각해 보니 정말 맞는 말이었어. 그래서 이렇게 결심하게 되었지."

"무조건 환영. 그래서 동학하려고 온 거로군요."

너와 천수는 손바닥을 부딪쳐 인사를 했다. 김 장군이 진주에서 함께 싸웠던 낯익은 형과 관졸 천수의 이야기를 듣더니 당장 그들을 동석시켰다. 그리고 본론으로 들어갔다.

"이틀 후 그믐밤에 통신소 기습 공격이다. 첫째, 통신소 내 일본군을 처치할 것. 둘째, 통신선을 파괴할 것. 이 통신선을 파괴해 한양과의 교신을 끊게 하면 모레 있을 우금치 전투 때 효과가 백 배 될 것이다.”

모두 눈을 번쩍 뜨고 귀를 기울였다.

“저 언덕 너머에 있는 일본군 부대의 통신선에 대해 누구 들어 본 적 있나?”

서로 얼굴만 바라보는데 천수가 일어섰다.

“아마 청주 쪽에 쳐 놓은 통신선이 그 위를 지나가는 걸로 알고 있습니다.”

모두 눈이 휘둥그레져 물었다.

“장군님, 그게 뭔데요?”

장군도 쩔쩔맸다. 작전 명령을 받긴 했는데 모든 것이 오리무중이라고 했다. 네가 나섰다. 천수는 관졸 출신이고 하린이는 서학 공부를 했으니 도움이 될 거라고 했다. 그러자 천수가 일어섰다.

“저도 잘은 몰라요. 그러나 일본군 있는 곳이면 어디나 그 통신선이 따라다녀요.”

이번엔 하린이 나섰다. 하얀 얼굴에 총명한 소년티가 물씬거린다.

“부산에서부터 조선을 가로질러 압록강까지 연결하는 통신선이 있답니다.”

“압록강까지요?”

그건 압록강을 건너 중국까지 진출하는 데 필수적이어서 그 통신선이 파괴되면 난리가 난다. 그 부대는 연락이 단절되고 고립되기 때문이다. 천수가 나섰다.

"그 선을 끊어 통신을 교란시켜야 합니다. 그래야만 한양 쪽에서 더 이상 지원군을 부를 수 없게 되니까요."

하린이 말했다.

"맞습니다. 통신에 대해 공부를 조금 한 적이 있으니 그곳에 가면 연결선을 찾을 수 있을 것 같습니다."

대원들이 입을 벌리고 하린을 바라보았다.

"별거 아닙니다. 저도 서학을 전해 준 어르신들에게 배웠습니다."

장군이 물었다.

"그러면 통신선이라는 것을 본 적이 있는가?"

"그 통신선을 본 적은 없지만 전기선과 비슷하겠지요. 그 선을 통해 멀리 떨어진 사람들 목소리를 듣는 선이니까요."

통신선을 통해 사람 목소리를 듣다니 귀신이 들어와 사람 목소리를 흉내 내는 것 아니냐며 대원들이 떠들었다. 어둠이 주위를 감싸자 덩치 큰 장정들이 겁이 나는지 자꾸 원을 좁혀 모여들었다. 장군이 웃으며 말했다.

"허허, 그 덩치하고는."

모두 뭉그적거리며 뒤로 물러나 앉았다.

"내가 들은 바로는 청에 갔던 조선 유학생이 가져온 '덕률풍(영문 '텔레폰'을 소리대로 한자로 옮겨 '다리풍' 또는 '덕률풍'이라 이름)'이라는 기계가 소식을 전해 듣는 기구라고 들었다."

모두 그것을 그려 보며 신기해 눈만 껌벅거렸다. 김 장군이 말했다.

"하여간 이틀 후 그믐날 자시(23~01시)에 야음을 틈타 기습한다."

네가 물었다.

"그곳 일본 부대가 몇 명이나 되는지요? 또 우리 대원은 몇 명이 갑니까?"

"그렇지. 그런 질문이 나오길 기다렸다. 불행하게도 그곳 주둔군 숫자는 확실히 모르나 그리 큰 숫자는 아니라고 들었다. 우리 주둔지에서 언덕으로 십 리 정도의 거리다. 일단 넉넉히 별동대원 스무여 명이 출동하기로 한다."

대원들은 결의를 다지는 의식을 했다. 어깨를 끼고 둥글게 모여 성공을 외쳤다. 그때부터 하린은 통신선을 절단할 장비를 구하고 챙기러 다녔다. 넓은 들판에 진을 친 군영을 돌아보니 없는 것 없이 다 있었다. 솥, 쌀, 조, 죽창, 총, 농기구 등. 그러니 날카로운 연장도 쉽게 구할 수 있었다.

이튿날 장군이 화승총을 10여 구 가져왔다. 그것을 쏠 사람을 정하고 총 쏘는 법을 가르쳤다. 아직도 발이 불편한 형은 진지를 수비하고 남아 있기로 했다. 한편 나머지 장정들은 대숲에서 죽창을 만들며 공격 준비에 여념이 없었다.

이틀 후 그믐날 자시에 장정들은 다시 김 장군을 중심으로 모였다. 작전 계획 때 모였던 네 명을 선두로 스무 명의 장정들이 호출되었다. 장정들은 자시에 하는 공격이 겁나면서도 아슬아슬한 기분이었다. 뭔가 특별한 임무를 수행한다는 생각에 가슴이 뿌듯했다.

그들은 어두운 들길을 지나 갈대밭을 건넜다. 언덕길을 오르다 마른 풀로 덮인 울퉁불퉁한 숲길을 갔다. 한참을 지나니 언덕 위로 희미한 불빛이 보였다. 조그만 초막 같은 게 시커먼 상자처럼 나란히 서 있다. 사방이 쥐 죽은 듯 고요한데 겨울을 재촉하는 북풍이 뼈대만 남은 갈대숲을 쓸고 간다. 잠시 멈추어 선 김 장군이 지형 설명을 했다.

"주둔지가 분지로 되어 있다. 정상에 주둔하는 일본군에게 노출되면 달아나기가 힘든 지형이다. 우리 별동대는 쥐도 새도 모르게 공략한다. 설혹 죽는 한이 있어도 자신의 위치를 노출시키면 안 된다."

대원들은 단단히 장군 말을 새기며 주먹을 쥐었다. 언덕 위로 몇 군데만 희미한 불이 깜박거리고 있었다.

"두 조로 나뉘어 공격한다. 한 조는 내 쪽으로, 다른 조는 춘석 쪽으로 모여 정상에서 만나자."

두 조가 양쪽으로 나뉘어 서서히 정상을 향해 움직이기 시작했다. 그들이 거의 정상에 다가가는데도 막사 안에서는 전혀 움직임이 없다. 하기야 이 늦은 밤 이 언덕까지 누가 오리라 생각이나 하겠는가. 하린이 너에게 속삭였다.

"이곳 얼마 안 되는 주둔군만 처치하면 통신선 끊는 것은 식은 죽 먹기네요."

"통신선은 찾겠어? 우린 하린이만 믿는다."

"저기 전기선이 있어요. 대개 통신선이 전기선과 함께 있으니 문제

없어요."

밤이라 수군대는 소리가 제법 크게 울렸다. 너는 가슴이 뛴다. 싸움이래야 관아 습격을 주로 해 온 터라 일본군 주둔지로 습격해 들어가는 일은 아슬아슬하고 통쾌하다. 무언가 족적을 남길 일 같아 가슴이 벅차다.

갑자기 홍의 얼굴이 떠오른다. 왜일까. 그러나 사랑하는 그 얼굴을 기억하려고 애쓰니 더 지워진다. 그것도 잠시 장군 목소리가 너를 깨운다.

"이 잡듯 뒤져서 통신선이 있을 만한 곳을 찾아내라. 발견하는 즉시 통신선을 박살 내라."

모두 언덕 정상에 다다르고 있었다. 누군가가 낮은 소리로 말했다.

"쉿, 보초가 보인다."

모두 풀 속으로 몸을 묻었다.

"저놈만 처치하면 돼."

말소리가 끝나기도 전에 보초가 몸을 돌렸다. 순간 총소리가 그들 머리 위를 울리고 갔다. '슝슝.' 보초가 소리 지르며 적의 침투를 알렸다. 기다렸다는 듯 초소마다 불이 환하게 켜졌다. 불에 비친 까만 정복 차림의 일본군들이 언덕 아래로 총을 쏘아대기 시작했다. 그들은 초소 주위로 까마귀 떼처럼 달라붙어 불을 뿜어 댔다.

"후퇴하라!"

대원들은 초소까지 진입도 못한 채 무작정 후퇴하기 시작했다. 그들 뒤로 전조등이 한 번씩 환하게 지나갔다. 그때마다 머리 위 불을 피해 풀 속에 몸을 숨겼다. 총알은 계속 콩알처럼 쏟아졌다. 너희들은 산산이 흩어져 내려갔다. 더러는 몸을 굴려 속도를 더했다.

"하린아!"

너는 소리치며 무작정 내리 달렸다. 어디선가 '형.'이라는 소리가 들렸다. 언덕 더 위쪽이었다. 그때 네 옆구리로 총알이 날쌔게 지나갔다. 겨울인데도 온몸에서 진땀이 흘렀다. 그러고도 총알은 사정없이 날아들었다.

"하린, 여기다!"

소리치며 무조건 달렸다. 얼마를 굴러 내렸는지 스치던 총알이 이제 멈춘 듯했다. '휴.' 숨을 가다듬는데 다시 '피융피융.' 총알이 날아왔다.

"하린!"

말을 마치기도 전에 '퍽.' 네 뒤쪽에 뭔가가 쓰러졌다. 이어 '악.' 비명 소리가 났다. 너는 몸을 숙인 채 기어서 그곳으로 다가갔다. 엎드린 채 기어서 풀 속을 더듬거렸다. 신음 소리가 들리는가 싶더니 피비린내가 코를 찔렀다. 너는 몸을 굴려 그곳에 닿았다. 기어가 안고 보니 하린이었다. 너는 엉겁결에 하린을 들쳐 업고 달리기 시작했다. 등에 피가 묻어 끈적거렸다. 등 뒤에서 거친 숨소리가 파도 소리만큼 크게 울렸다. 언덕 아래 도착하자 총소리가 서서히 잦아들었다.

"하린, 안 돼!"

더 이상 정상 초소가 보이지 않는 곳에 이르자 하린을 등에서 내려

눕혔다. 하린의 옆구리가 피로 흥건하게 젖어 있었다. 너는 윗옷을 벗어 그의 옆구리를 꾹 눌러 주었다. 하린이 고통으로 일그러진 얼굴로 눈만 껌벅거렸다. 다른 한 손으로는 하린의 손을 잡아 주었다.

"나, 나는."

하린은 말을 계속하지 못했다. 너는 그에게 '괜찮아, 괜찮아.'라는 말만 한다. 하린이 가까스로 너와 눈이 마주쳤다. 하린이 말했다.

"홍 누님을 흠모했어요. 그리고 사랑했…… 혀, 형이 전해 줘."

귀공자 같은 하얀 얼굴에 눈물이 주르륵 굴러 내렸다.

"누님이랑 행복하세……."

하린이 고개를 떨어뜨렸다. 너는 가슴이 터질 것만 같았다. 오열하며 하린을 껴안았다.

"하린, 용서해 줘. 내가 널 오해했었다."

너는 눈물로 얼룩진 그의 눈을 감겨 주었다.

"하린 잘 가. 편한 곳으로."

그의 옆구리를 누른 네 손바닥 위로는 여태 뜨뜻한 하얀 김이 피어올랐다. 이제 배를 눌렀던 겉옷을 시신 위에 덮어 주었다.

이윽고 수풀 속 여기저기서 후퇴한 대원들이 모여들었다. 어디선가 김 장군이 나타났다. 벌써 주위를 탐색하고 잔여 대원 숫자를 헤아린 그가 말했다.

"여섯 명 사상이다. 동학의 꽃으로 스러져 간 이들의 명복을 빈다."

감정을 배제한 그의 말에 모두 묵념을 했다. 말없이 너희는 주둔지로 돌아왔다. 들판을 건너오는 내내 장군만 말했다. 일본군이 가는 곳마다 전화로 통신을 해야 하니 통신선이 필수라고. 조선에 동학군이 사라지지 않는 한, 통신선을 교란시키는 작업은 계속될 거다. 그러나 아무도 장군의 말에 반응하지 않았다.

"자, 빨리 돌아가자. 내일을 위하여. 아니 벌써 오늘이 되었구나."

돌아가는 내내 너는 이상한 느낌이 들었다.

'일본군은 동학군이 올 거라는 걸 미리 알고 있었을까?'

너는 대원들과 한바탕 사건의 전모를 추적하고 싶었다. 그러나 장군은 물론 모두가 입을 다물고 있다. 모두 뭔가 일이 잘못되었다는 느낌으로 속이 상해 있을 거다. 네가 지금 일어서면 장군의 불같은 성격에 난리가 나리라. 지금은 조용히 하는 게 좋을 듯했다. 너는 잠시 생각에 빠졌다.

'혹시 우리 중에 첩자가 있는 건 아닐까?'

천수, 너는 그를 살려 주었다. 아무리 관졸 출신이라지만 이상하게 통신선 있는 곳을 너무 잘 알았다. 장군님, 설마 장군님이 그럴 리야 없겠지. 형, 형은 발 때문에 꼼짝 못하고 진지에 남아 있었다. 이도 저도 아니라면 우리가 이동하는 걸 놈들에게 들켰을지도 몰랐다.

앗, 돌배가 남았다. 돌배 형, 주위를 돌아봐도 돌배는 보이지 않았다. 그러나 모두가 잠자리에 들려는 순간에 떠들썩하게 돌아온 게 돌배였다. 그는 들어오면서 계속 엉덩이를 쓸었다. 큰 것을 해결하느라 엉덩이가 꽁꽁 얼었다고 웃겼다. 그러나 아무도 웃지 않았다.

기습하기도 전에 별동대원이 박살 난 게 분했고, 하린을 볼 수 없다는 게 더욱 슬펐다. 고귀한 꽃 같은 소년의 억울한 죽음이었다. 더 안타까운 것은 슬퍼하는 홍의 얼굴이 자꾸 떠올라서다. 너는 눈을 꼭 감고 쪽이불을 뒤집어썼다. 모든 것을 잊자며.

주둔지로 돌아온 장군 역시 뭔가 석연치 않았다. 다시 수거한 화승총들을 보자 더 기가 막힌다. 연습했던 기량을 한 번도 발휘 못하고 초반부터 당하기만 했으니. 이건 비밀 작전이었는데 놈들이 알고 있었던 것 같다. 일본군 경계가 그렇게 철저하다니 각별히 조심해야겠다.

'놈들 군기가 대단하구나!'

그나마 어두운 산속이라 희생자가 적어 천만다행이었다. 장군은 가만히 '나무아미타불 관세음보살.'을 외웠다.

'작전이 실패로 끝났지만 나는 두렵지 않아. 끌끌한 동학의 꽃들이 함께하는데 두려울 게 없다.'

그때 바람이 한바탕 추위를 몰고 왔다. 어느새 샛별이 보이기 시작했다. 장군이 말했다.

"조금이라도 바짝 붙어서 자라. 새벽에 얼어 죽지 않게 단단히 무장들 하고."

장군이 떠난 뒤 너는 생각에 잠겼다. 너희들 가운데 첩자가 있다면 과연 적을 이겨 낼 수 있을까? 그러다 쓸데없는 걱정을 한다는 생각이 들었다. 그런 걱정은 다 잊기로 하고 하늘을 보았다.

동학 소년과 녹두꽃

하늘에 아직도 별들이 반짝이고 있었다. 조금 있으면 동이 트고 저별들도 빛을 잃을 것이다. 홍도 충청도 하늘 아래서 같은 별을 보고 있을 것이다. 하린의 죽음을 모른 채. 형이 부스럭거리며 돌아누웠다.

"형, 아직 안 자네. 형이 안 오나 많이 걱정했어."

"그래, 오랜만에 만났는데. 이야기할 시간도 없었구나."

둘은 또 말이 없다. 한참 후 형이 말했다.

"너무 슬퍼하지 마. 하린의 넋이 우리를 지켜 줄 거야."

"제일 어린 녀석이 제일 먼저 갔어."

네 눈가로 눈물이 주르륵 흘러내렸다.

"그 애를 덜 고생시키려는 하늘의 뜻이지. 너무 힘들어하지 마라."

너희는 한숨을 쉬며 눈을 감았다. 형이 한참 후 말했다.

"그래. 그렇게 보고 싶어 하던 홍이는 만났는가?"

갑자기 홍을 생각하니 가슴이 뜨거워지고 손발 끝까지 떨리는 듯했다.

"응. 만났어요."

"그런데 왜 그렇게 힘이 없어?"

"잘 모르겠어요. 나는 홍을 좋아하는데 홍은 나를 진정으로 좋아하는 것 같지 않아 슬퍼요."

"춘석아. 여자란 안정을 원해. 그리고 파랑새 같아. 한군데 있으려고 하지 않거든. 파랑새 같은 여자를 잡으려거든 덫을 놓아야 하지."

"그게 무슨 덫인데요?"

"가정이라는 덫. 전투가 끝나면 가정을 이루자고 해 봐. 우리는 다른 혁명가들처럼 혁명의 수레바퀴에 짓눌려 스러져 가지 말자."

"맞아요. 우리가 진짜 바라는 자유와 사랑을 한꺼번에 이룰 수 있을까요?"

형은 대답하지 않았다. 한참 후 네가 말했다.

"형, 이제 눈을 붙여 봅시다. 내일 전투를 위해."

덩치 큰 너는 아기라도 된 듯 형의 손을 꼭 잡았다. 너희는 들판에 누워 무수한 별을 보았다. 동이 터 오면서 그 별들이 서서히 빛을 잃어 가고 있었다. 홍의 얼굴이 선명하게 떠올랐다. 그러다가 사라지는 별빛 속으로 아스라이 멀어져 갔다.

너는 애타게 홍을 불렀다. 어디선가 댓잎 사각거리는 소리가 해풍처럼 밀려왔다. 발간 홍의 볼이 웃고 있었다. 펄럭이는 치맛자락을 쥐긴 했는데 어느새 네 손에서 빠져나갔다. 댓잎 사각거리는 소리도 멀어져 갔다.

"홍, 가지 마!"

너는 어느새 흐느끼고 있었다. 누군가가 흐르는 눈물을 닦아 주었다. 눈을 감았는데도 형이라는 짐작이 왔다.

"형, 형도 가지 마."

꿈속에서 형이 빙그레 웃으며 내려다보았다.

13.
출전

　오늘은 고대하던 우금치 전투 날이다. 새벽부터 싸락눈이 싸락싸락 쌓이고 있다. 저 작고 작은 눈꽃 송이를 온 천지에 골고루 나누어 주는 이는 누구일까. 그 하얀 쌀가루 같은 눈을 밟으며 어디론가 무작정 떠나고 싶다. 그 눈발 속에서 하린이 손짓한다. 밥이 먹고 싶다고 형이 보고 싶어 찾아왔다 말한다. 그의 눈에서 눈물이 흘러 너는 닦아 주러 일어선다.

　"벌써 일어났어?"

　형의 목소리에 너는 화들짝 놀란다. 다시 봐도 눈발 속엔 아무도 없다. 형은 가마니를 젖힌 채 하늘을 본다.

　"왜 눈을 맞고 서 있어?"

"눈을 먹어 보고 싶어서."

너는 손바닥을 내밀어 눈을 받아먹는다. 눈앞이 부옇게 변하며 너는 울고 있다. 겨울 안개에 갇힌 부연 들판은 세상이 끝날 듯 적막하다. 들판의 쇠 바람 소리가 귀신의 곡소리 같다. 아무리 동학 귀신이라지만 이런 날 누가 전쟁을 나간다고 나설까? 형이 다가오자 너는 묻는다.

"형, 다리는 좀 괜찮은 거요?"

"응, 전쟁 끝나고 집에 가라고 발이 어제보다 나아."

"형, 이 전쟁은 언제나 끝이 날까요?"

"글쎄, 이 전쟁이 끝나면 다른 전쟁이 또 계속되겠지. 그게 세상 이치거든."

"아, 그럼 우리는 계속 전쟁에 희생되어야 하나요?"

"슬프게도 우리 같은 혁명 1세대는 희생이고 소모품이지. 불의와 부패한 권력에 대한 항거도 우리가 최초다. 이것은 끝이 아니라 우리를 이어 다음 세대로 반드시 이어질 거다. 그래서 우리는 희망이기도 하지."

"예. 우리가 희망의 불씨군요."

형이 하늘을 올려다보며 중얼거린다.

"그래. 순이에게 꼭 살아 돌아가겠다고 약속을 했어. 이젠 집에 갈 수 있겠네."

"형이 꼭 약속을 지키면 좋겠어요."

그때서야 아침을 알리는 징 소리가 논산벌을 울린다. 형은 불을 피

동학 소년과 녹두꽃

우고 너는 밥할 준비를 한다. 아침을 든든히 먹고 전투에 임해야 한다. 그래야 힘을 쓸 테니까.

김 장군은 귀까지 내려오는 가죽 모자를 눌러쓴 채 진영을 돌아보기로 했다. 잿빛 흐릿한 눈발 속에 아무도 알아볼 수 없으니 안심하고 부대를 시찰할 수가 있다. 눈발이 내려앉아도 발이 젖을 염려가 없는 새 가죽 장화를 내려다본다. 논산에 막 도착한 날 전 장군 본영에서 받은 거였다. 추위에 떠는 농민군의 얇은 옷과 허름한 짚신을 보며 차마 혼자서만 발 사치를 할 수가 없어 넣어 두었다.

'오늘은 전투 날이다. 호랑이는 죽어서 가죽을 남긴다지만 사람인 내가 가죽신을 남겨 무엇에 쓰겠는가.'

김 장군은 가죽신을 신고 출전 전 마지막으로 주둔지를 돌아보기로 했다. 전 장군과 나눈 어제 회담이 떠올랐다. 별동대 작전이 성공하건 실패하건 간에 오늘 아침 사시 반 각(10시)에 우금치 진격을 개시하기로 했다. 전 장군이 덧붙인 말이 떠오른다.

"사시(09~11시)야말로 뱀이 자고 있어 사람을 해치는 일이 없는 때라 하지 않소."

김 장군도 대답했다.

"좋습니다. 그럼 평화로운 그 시각 저희 별동대는 동쪽 측면에서 공격을 개시하기로 하겠습니다."

"어쨌거나 본영에서 정면 공격을 한다 해도 별동대는 측면에서 정상으로 진입하니 거의 중간 지점에서 만나 전 대원이 함께 치고 올라가게 되겠지요."

김 장군이 말했다.

"일단 우금치 정상으로 정탐 병을 한 번 보냈어요. 일본군이 신무기를 나르고 있다는 소문을 들었소이다. 일본군은 1개여 단, 관군은 3개여 단 정도 된답니다. 그래도 우리 군이 숫자적으로 수백 배 우세하니 일본군들 박살을 내야겠지요."

전 장군이 말했다.

"그래요. 이제 식량도 떨어져 가고 추위가 막바지라 더 이상 버틸 수가 없군요. 그나마 숫자가 우세하니 머릿수로 밀고 올라가는 수밖에요. 뜻이 있는 곳에 길이 있다고 전주성 함락 때를 생각해 보자고요."

그들은 신이 나 전주성 전투를 떠올렸다. 얼마 전의 승리를 이야기하니 기분이 삼삼해졌다. 전주 용머리 고개에서 대포 소리가 터져 나오며 수천 방의 총소리가 일시에 장판 속을 뒤집었다. 마침 장날인지라 장사꾼들이 소리치며 서문 남문으로 밀려오고 밀려가며 우왕좌왕했다. 삽시간에 성 안은 '동학군이다!'는 소리로 가득 찼다.

"도망가는 전라 감사 꽁무니를 붙잡은 것 기억하시지요? 주변의 신하들 모두 먼저 도망가고 거적때기로 감아서 거지로 변장하고 도망가는 전라 감사의 꼬락서니라니!"

"그래서 정승 집 개가 죽으면 조문객이 문전성시를 이뤄도 정승이 죽으면 조객이 없다 하지 않습니까? 관직 그만두면 모두 소용없는 세상이지요."

"무혈 탈환한 전주성 이야기를 하다 우리가 왜 신세 한탄을 하고 있나? 어쨌거나 내일이 최후의 날이외다."

"그렇죠. 우리 별동대는 오늘 밤에 통신선 절단 작업을 하고요."

"성공을 비오. 오늘 통신선임무는 별동대 작전이니 김 장군만 믿소."

"최선을 다해 보겠습니다."

김 장군이 일어서며 덧붙였다.

"우리가 전투를 개시하면 연락병을 보내 바로 알려드리겠습니다."

"꼭 연락 주세요. 그런데 적절한 사람 정했나요?"

"날쌔고 성실한 자를 뽑아야죠."

"그럼, 내일의 승리를 위하여!"

두 장군이 팔뚝을 교차시켜 마지막 인사를 나누었다.

"콰앙~ 콰앙~!"

자지러지듯 연속되는 징 소리에 장군은 퍼뜩 정신이 들었다.

'이거 너무 오래 어젯밤 생각을 하며 주둔지를 돌았군.'

다시 정리를 하자며 고개를 흔들었다. 어젯밤 장군들끼리 모임이 있었고 오늘 새벽에 별동대 통신선 작전이 수포로 돌아갔다. 여섯 명의 농민군을 잃었고 지금 이 시각 우금치 전투를 앞두고 있다.

'과거에 집착하면 현재에 행복할 수 없다. 모든 것을 잊어버리자.'

싸락눈이 눈썹에 쌓여 눈물이 되어 흘러내린다. 그런데도 다시 가족 생각이 뼈저리게 간절하다. 이렇게 수많은 동학군을 이끄는데 사사로운 가족 생각은 끊어야 한다. 모든 걸 다 잊자며 고개를 흔들고 앞을 쏘아본다.

부연 눈발 사이로 밥하는 장정들이 바삐 움직인다. 장정은 바닥에 남겨 둔 쌀을 바가지에 들고 마지막 남은 물을 붓는다. 장정이 뒤에 서 있는 군인에게 들으라는 듯 소리친다.

"이제 쌀도 바닥이 났어요. 오늘은 마른 무 한 쪼가리도 안 남기고 다 먹어 치워야 해요."

김 장군은 못 들은 척 발걸음을 옮긴다.

'이곳에 진을 친 초기에는 논산골 아녀자들이 힘을 모아 음식을 해 주기도 했지. 곧 음식은 끊겼어. 아무리 많은 음식이 와도 이건 밑 빠진 독에 물 붓기지. 수 날 주둔하는 수많은 장정들에게는 턱도 없이 모자란 게 당연했으니까.'

그 뒤로는 군량미를 아끼느라 장정들에게 허기진 배를 채울 정도로만 밥을 먹게 했다. 불쌍한 농민군들, 가련한 백성들이다. 하지만 오늘은 용감한 동학군이 되어야 한다. 장군은 자기 막사로 들어간다.

주둔지 군데군데 밥 짓는 연기가 올라오며 벌써 밥 냄새가 식욕을 돋운다. 돌배가 다가왔다.

"우리가 논산벌에 오기 전 이곳 북쪽의 세성산에서 대전투가 있었던 거 들어 봤는가?"

형이 말했다.

"오늘 같은 날 동학군이 참패한 전투 이야길 뭐하려고 끄집어내나?"

"차라리 그런 전투에나 참전했으면 먹기라도 배불리 먹었지."

네가 나섰다.

"돌배 형, 그건 또 무슨 소리여요?"

"그게, 동학군하고 관군하고 붙었던 전투잖아. 동학군이 완전히 깨진 후 관군이 세성산을 털어 보니 없는 게 없더래. 동학군이 남기고 간 깃발, 총, 창, 곤장, 쌀, 조, 가마솥, 칼 등이 나왔다는 거야. 쌀도 수백 가마니나, 그러니 어마어마한 보물이 아니겠어?"

네가 물었다.

"동학군이 패했는데 그 보물이 돌배 형 것이라도 되겠어요?"

"아니, 저 말하는 것 좀 보소. 논산벌 싸움에 오면 돈 좀 벌 줄 알았더니 웬걸 날마다 허기지고 살았어. 그나마 오늘 전투에 이기면 쇠 가루라도 좀 떨어지려나?"

형이 못 들은 척 말했다.

"공주 북쪽 관문인 세성산 전투만 이겼어도 오늘 우금치 전투는 식은 죽 먹기일 건데."

돌배가 복수할 기회를 놓치지 않고 주절거린다.

"역사에 가정이란 없는 법."

"돌배, 그건 알지만. 우금치 전초전이 너무 처참하고 허망해서 하는 말 아니오. 그때 시신은 세성산에 버려지고 북쪽 절벽으로 떨어져 죽은 사람이 부지기수였어요. 동학 농민군 지도부 외에는 모두 목을 잘라 처형했으니까."

네가 둘의 말을 막았다.

"아침부터 그만. 우금치 대전투를 앞두고 있는데 김새는 소리 그만들 하세요."

돌배가 비아냥거렸다.

"김이 샌다고? 어리다고 말 함부로 하네. 마치 대장이라도 되는 것처럼 구는구먼."

네가 막 대들려고 하는데 형이 옆구리를 찔렀다.

"네가 참어라, 참어."

돌배가 네 옆으로 다시 다가왔다.

"춘석이, 그래도 자네가 없으면 우리는 시체여. 김 장군의 사랑받는 몸이라 우리 조에게 쌀이 이만큼이라도 남아 있었지."

네가 소리쳤다.

"병 주고 약 주고 그만하소. 이제 밥 짓는 것도 진절머리가 나요."

형이 다가와 장작불을 모아 놓는다. 모두 전투를 앞두고 신경이 날카로워져 있는 걸 안다. 자기가 보기에도 돌배의 태도가 전처럼 호의적이지 않은 게 분명했다.

'돌배가 상납한 칼을 춘석에게 맡긴 후부터 그랬던 듯해.'

별동대 작전 때도 그랬고 뭔가 사사건건 꼬투리를 잡으려는 게 느껴졌다. 형은 일부러 큰 소리로 외쳤다.

"오늘은 고깃국 먹는 날이다!"

모여든 사람들이 '와!' 함성을 질렀다. 너는 화를 가라앉히고 가마솥을 걸었다. 어리다고 항상 하던 식사 당번도 오늘이 마지막일지도 모른다. 지금 동료들을 위해 해 줄 수 있는 일 하나하나가 모두 소중한 추억이 될 거다. 돌아간 시간은 흐르는 강물처럼 다시는 돌아오지 않을 테니까.

커다란 가마솥에 마른 무와 꽁꽁 얼어 터진 쇠기름 두어 덩이를 양손으로 찢어발겨 던져 넣었다. 눈물이 부옇게 나와 고깃덩이가 흐릿해 보인다. 남아 있는 물도 마지막 방울까지 짜 넣고 휘휘 젓는다.

둘러봐도 식칼이 어디로 갔는지 보이지도 않는다. 막판인데 그런 게 다 무슨 소용일까. 칼질하지 않아도 장작에 푹 고면 기름이 뭉그러질 것이다. 남은 장작도 마지막까지 알뜰하게 쓰고 간다.

"간을 맞춰야지. 그런데 소금이 바닥났는데."

모두 걱정스런 얼굴들이다. 그때 누군가가 소금 주머니를 던져 준다.

"옜다, 여기. 어디 가도 굶지 말고 주먹밥에 꾹꾹 눌러 먹으라며 마누라가 옆 주머니에 찔러준 거요. 이제 살아 돌아갈지 어쩔지 모르는 몸, 이걸 아껴 뭘 하겠소?"

간을 맞추던 농민군이 소리친다.

"안성맞춤이다. 어찌 이리 간을 딱 맞출 만큼 챙겨 줬을까? 자네 마누라, 귀신이다, 귀신."

소금 주인이 소리친다.

"자네들도 조심하소. 귀신한테 씌면 나처럼 큰일 나요."

"그래도 예쁜 귀신한테는 서로 끌려가고 싶어 할걸?"

모두가 신이 난 체하며 껄껄 웃는다. 보통 때보다 더 크게 웃는다. 잠시의 썰렁한 농지거리가 큰 위안이 된다. 그러다 갑자기 고요해졌다. 모두들 집에 두고 온 마누라와 자식을 생각하는 게 틀림없었다.

가마솥에서 부옇게 솟아오르는 수증기만 바라본다. 너는 온 힘을 다해 국을 젓는다. 가마솥 밑바닥에서 끓어오르는 열기를 통해 주걱의 부딪침이 전해져 온다.

"부글부글 꾸르륵 꾸르륵."

불, 물 같은 생물도 아닌 것이 살아 용솟음침을 느끼자 가슴이 설렌다. 이렇게 네가 살아 있음을 즐길 순간도 얼마 남지 않았을지도 모른다. 가슴 한 귀퉁이에서 삶의 의욕이 생수처럼 쿨쿨 솟아오른다. 너는 국 밑바닥을 더 힘주어 저어 댄다. 누군가가 혀를 찬다.

"쯧쯧, 아무리 젊다지만 솥바닥 좀 그만 저어라. 솥바닥에 구멍 뚫리겠네."

"그 힘으로 오늘 왜놈들과 한판 붙어 보는 기라."

네가 외친다.

"오매불망 기다리던 출전이요. 함 겨루어 보자고요."

"흐흐. 오늘이야말로 놈들 제삿날이다!"

"날씨가 부조하면 좋겠소만."

그 소리에 모두 하늘을 본다. 잿빛 하늘에서 눈발은 사정없이 내려치는데 온몸에선 진땀이 솟는다. 더워서일지 전쟁의 공포 때문일지 너조차 알 수 없다. 눈이 녹은 물과 땀이 뒤섞여 이마 위로 질질 흘러내린다. 이마를 훔치며 중얼거린다.

'그래, 살기 위해 먹어야 한다.'

그러나 다음 순간 머리를 흔든다. 몇 시간 후면 죽을지도 모르는 몸인데 꼭 먹어야 할까. 그러다 마음을 바꾼다. 아니다. 이기기 위해서는 살아 있어야 한다. 그래, 살기 위해서는 먹어야 한다. 결국 이기기 위해 먹어야 한다.

밥을 먹는데 눈발이 점점 더 거세어진다. 게다가 거친 북풍까지 몰려온다. 우금치 정상인 북쪽을 향해 진격해야 할 판인데. 동학군에게 점점 형세가 불리해져 가고 있다. 그렇지만 지금 이 순간 절망은 금물이다. 다 잊고 먹어야 산다.

기름기 둥둥 뜬 멀건 국이 그래도 고깃국이라고 이것이 밥도둑이다. 눈으로 들어가는지 코로 들어가는지 모를 정도로 맛나다. 흩날리는 진눈깨비가 밥사발로 들어가 아무리 퍼먹어도 줄지를 않는다. 행복한 이 순간이 영원히 계속될 수 없는 법. 너는 말한다.

"형, 먹는 것이 남는 것이여!"

형의 밥그릇에 기름 덩이를 두어 국자 더 띄워 준다. 이건 국권이다. 국자 쥔 자의 특권이란 말이다.

"흐흐. 형, 더 먹어."

형은 말리지 않고 그 멀건 국을 훌훌 들이켠다. 눈발 속에 사발을 쳐든 채로. 형 얼굴에도 눈물이 철철 흘러내린다.

주둔지에선 벌써 두 차례나 징이 울고 농민군들은 무장을 한 채 나와 섰다. 털모자에 귀마개가 그나마 겨울 무장인 셈이다. 너는 다행히 무명 솜옷에 아끼고 아껴 둔 새 짚신을 신었다. 벌써 눈발이 뿌려 짚신 사이를 비집고 들어와 솜버선이 젖어 들어간다. 자꾸 발을 동동거려 눈을 털어 보기도 한다.

주위를 둘러본다. 멀리 눈보라 속에 흰옷을 입은 사람들이 하얀 눈을 맞으며 정처 없이 논산벌을 떠다니는 것만 같다. 그나마 다행인 것은 농기구 대신 총과 죽창을 들었으니 우금치 정상의 관군과 겨루어 볼 만하겠다. 흰옷을 입은 사람들이 부옇게 떠서 걸어오는 듯하다.

너는 눈을 감으며 머리를 흔들어 본다. 그나마 꼿꼿하게 설 수 있는 건 아까 먹은 기름 덩이 멀건 국 때문일까. 아니, 지금 너를 지탱하는 것은 칼뿐이다. 칼이 있어 너는 얼마나 든든한지 모른다. 홍의 칼을 꾹 쥐어 본다. 홍이 보이고 어머니와 아버지가 보인다.

김 장군이 눈발 속에 서 있다. 잿빛 눈보라 속에 땅도 하늘도 사람도 모두 동장군이 되어 가고 있었다. 그때 김 장군 호령 소리가 얼음을 깨뜨리듯 천지를 호령했다.

"진! 격!"

'피리리.' 피리 소리가 계속 울리고 날카로운 징 소리가 출전을 알린다.

"콰앙! 콰앙!"

그 순간 너는 살아 있음을 실감하며 달려 나간다.

동학 소년과 녹두꽃

14.
우금치에 핀 붉은 꽃

갑오(가보)세, 갑오세.

을미적, 을미적,

병신 되면 못 간다.

깃발소년이 푸른 깃발을 흔들며 앞장섰다. 잿빛 눈발 속에 깃발이
제대로 보이지를 않는다. 소년을 등에 업은 재인들은 민요를 더 크게
읊었다. 그들 뒤를 김 장군이, 그리고 그 뒤를 화승 총잡이들이 따랐다.
깃발이 펄럭일 때마다 박자까지 맞추어 가며 참요(어떤 정치적 징후를 암
시하는 것으로 해석되는 민요)를 소리쳐 불렀다.

너는 달리면서 소리쳐 흥얼거렸다. 옆에 달리는 형에게도 외쳤다.

"형, 빨리 달려. 미적거리면 안 되어요."

형이 소리쳤다.

"알았어. 어머니가 동생 재울 때 불러 주던 민요야."

"이제 갑오년 마지막 달이네요."

"병신년이 오기 전에 동학을 끝내고 세상을 바꿔야 한다."

그때 천수가 손바닥을 내밀며 소리쳤다.

"저 하늘 좀 보세요. 하늘이 도와주시는 거요. 눈이 오고 비가 오면 총탄에 불을 붙일 수가 없거든요."

달리면서 모두 하늘을 보았다. 정말 눈이 멈췄다. '와, 살았다!'며 모두 함성을 지른다. 아직은 우중충한 잿빛이지만 눈발은 안 보인다.

"그래도 바닥은 장난이 아닌데."

돌배가 투덜거린다. 진흙으로 뒤덮인 짚신이 무거워 끙끙대며 뛰는 속도가 느려진다. 재인들 바로 뒤에 서서 걷는다. 속도를 늦추자면서 모두 숨을 헐떡거린다.

장군의 목소리가 들린다. 고개를 들어 보니 장군은 어느새 언덕 위쪽에 서 있다. 깃발소년의 깃발은 계속 펄럭였다. 재인들의 민요도 계속 들렸다.

갑오(가보)세, 갑오세.

을미적, 을미적,

병신 되면 못 간다.

김 장군이 소리쳤다.

"돌배! 이곳으로!"

돌배는 깜짝 놀라 장군에게 올라간다. 헉헉거리며 장군 앞에 섰다.

"너는 전 장군 진영으로 가라."

"예? 무슨 말씀이시죠?"

"잽싸게 전 장군에게 알려라. 우리가 정상을 향해 진격한다고."

"장군님, 알겠습니다."

"전 장군 부대가 중앙에서 올라오니 무조건 우리의 우측으로 올라가라."

말도 마치기 전에 돌배는 사라져 버렸다.

"느리다고 불평하더니 임무에는 강하구먼."

김 장군이 동학 농민군에게 다시 기를 넣는다.

"여기부터 가파른 길이니 서두르지 마라. 자신의 역량을 조정하며 진군하도록. 오르는 길이 제아무리 미끄럽다 해도 우리는 오른다!"

모두 외쳤다.

"오른다! 오른다!"

김 장군이 외쳤다.

"제아무리 일본군이 무섭다 해도 우리는 무찌른다!"

"무찌른다!"

"자, 나가자!"

"나가자!"

농민군은 언덕으로 올라가기 시작했다. 가다가 미끄러지면 다시 기어올랐다. 기어오르다 보면 다시 제자리로 미끄러졌다. 더러는 진흙에 미끄러져 엎드린 채 네 발로 기었다. 짐승처럼 포효하며 기를 쓰고 올랐다.

이제 옆에 있는 게 누군지 돌아볼 기력도 없다. 고지가 아직 한참 남았는지 정상이 보이지 않는다. 김 장군은 앞장선 채 산 위를 올려다본다. 아무리 보아도 옆의 전 장군 부대가 보이지 않는다. 정상에 오르기 전에 모두 만나야만 한다. 그래야 전 대원이 밀고 올라가 놈들 기를 죽일 수 있다. 사람 띠를 만들어 앞을 막으면 감히 일본군도 방어선을 뚫지 못할 것이다.

"전진한다!"

소리치며 계속 앞으로 나아갔다. 어디선가 짐승이 울부짖는 듯 함성이 들린다. 김 장군 부대는 멈추지 않고 계속 오른다. 다시 들리는 포효 소리를 쫓아 오른다. 산울림이 짓궂은 날씨에 낮게 가라앉아 포효 소리로 둔갑한다.

"전진!"

가운데 언덕 위에서 들려오는 소리다. 김 장군이 나서서 소리쳤다.

"이곳이다. 이쪽으로 대열을 만들자!"

대원들은 장군 쪽으로 옮기며 오르기를 계속한다. 땅 위를 걷는 건지 진흙탕 속을 헤엄치는 건지 모를 정도로 미끄러진다.

"김 장군, 이쪽이오!"

산골짜기 사이로 소리가 내려온다. 김 장군 부대는 소리 나는 쪽을 향해 기어오른다. 곧 옆의 본영 부대 사람들이 희끗희끗 보인다. 그러나 말을 건넬 여유도 바라볼 여유도 없다. 점점 서로 뒤얽혀 부지런히 기어오르기만 한다. 흰 토끼들이 풀을 뜯으며 열심히 언덕으로 기어오르는 듯하다.

누군가가 소리쳤다.

"이렇게 계속 오르기만 하다 일본군 총에 다 맞아 죽는 거 아냐?"

김 장군 목소리다.

"무조건 올라가라. 가야 적을 만나지, 만나지도 않고 미리 후퇴할 수 없다."

그때 어디선가 '펑.' 총성이 울렸다. 모두 몸을 떨었다. 김 장군이 소리쳤다.

"화승총! 앞으로 총을 장전하라!"

진흙 밭에서 헤매던 농민군들이 겨우 일어서서 총을 장전했다. 죽창을 지닌 군은 뒤 열에 선다. 사람들이 소리쳤다.

"지겨운 눈이 또 온다!"

"큰일 났다. 함박눈이다!"

총을 장전한 총잡이들 손 위로 하얀 눈이 쌓인다. 놀란 총잡이들이 총탄 위로 쌓이는 눈을 털면 물로 녹아내린다.

"총잡이 일렬횡대로 서라!"

총잡이들은 진흙 속에 안간힘을 다해 다리를 박은 채 섰다. 눈이 소복소복 그들의 어깨와 총 위로 계속 쌓인다. 발이 얼어 터지는 것도 모르는 채 그들은 첫 번째 구령을 기다린다.

"발, 사!"

총잡이들은 방아쇠를 당겼다. 그러나 웬일일까? 몇 군데서만 '펑.' 하며 화약 타는 냄새가 나고 나머지는 피그르르 연기만 나다 만다. 김 장군이 놀라 소리쳤다.

"어찌된 일이냐?"

"총이 물을 먹었나 봐요."

"아예 점화가 되지를 않아요!"

그때였다. 정상에서 '뿅 뿅.' 총탄이 날아오기 시작했다. 앞의 총잡이들이 퍽퍽 쓰러졌다. '안 돼!' 비명을 지르며 뒤 열의 총잡이가 앞으로 나갔다. 그래도 정상에 총을 겨누고 방아쇠를 당겨 본다. '픽.' 소리가 나는가 싶었는데 정상에서 '뿅 뿅.' 총탄 세례가 그를 쓰러뜨리고 만다.

김 대장이 크게 외쳤다.

"앞으로 나가라. 무조건 전진이다!"

'뿅 뿅.' 총탄이 수도 없이 날아와 앞 열이 퍽퍽 쓰러진다. 그러는 사이 함박눈은 진눈개비로 변했다. 눈으로 젖은 총을 팔꿈치로 쓸어 낸다. 그 위에 또 눈이 쌓인다. 그래도 총잡이들은 방아쇠를 당기다 발사도 못한 채 앞에서 푹푹 쓰러져 간다. 더 이상 보다 못한 죽창을 든 농민군들이 앞으로 내리 달린다. 장군이 소리친다.

"우리는 전주성도 함락시켰다. 전진하라!"

달리던 농민군들이 총을 맞고 앞 열에 쓰러진 전우 위로 엎어졌다. 그 뒤에서 오던 전우는 또 그 위로 엎어졌다. 계속 시체 위로 시체가 겹쳐 인산인해를 이루었다. 누군가가 소리쳤다.

"무시무시한 연발총이다."

총알은 계속 날아왔다. 상상치도 못한 공격이다.

"우리 죽창으로는 도저히 상대가 안 된다."

"이것은 개죽음이다!"

어디선가 장군의 명령이 들렸다.

"가라. 전진해도 죽고 후퇴해도 죽는다. 관군이 위아래서 지키고 있다."

"숫자로 밀고 가자. 육박전을 불사하고."

동학 농민군들은 계속 오른다. 앞의 시체 위에 시체가 쌓이고 쌓인다. 뒤에서는 계속 올라온다. 언덕은 벌써 흰옷을 입은 시체 산이 되어간다. 누군가가 소리쳤다.

"신출귀몰한 개틀링 기관총인가 하는 것이 있다더니?"

김 장군이 호령했다.

"무조건 눈을 감고 덤벼라. 앞으로! 앞으로!"

발이 진흙에 빠지면 다시 일어서다 이제는 기어서 올라간다.

"뒤에도 관군이다. 어서 가라!"

끝없이 오르고 끝없이 쓰러지던 동학 농민군이 조금 뜸해지는가 싶더니 이제 관군이 내려오기 시작했다. 너는 전우의 시체가 쌓인 곳을 참호로 만들었다. 그 안에서 칼을 내둘렀다. 위에서 내려오는 군을 향해 무조건 휘둘렀다. '퍽.' 옆으로 쓰러지는 소리가 들린다. 그러나 옆을 볼 여지가 없다. 언덕 위를 향한 얼굴에 눈발이 비처럼 흘러내린다. 동학 농민군이 소리쳤다.

"관군이다, 잡아라."

그는 이미 기관총을 든 관군에게 달려들었다.

"이 미친 새끼! 왜 우리 동족을 쏘냐? 일본군에게 그 총 뿌리를 돌려라!"

관군은 사방으로 연발총을 갈겨 댔다.

"아악."

추풍낙엽처럼 동학군들 네댓이 쓰러져 갔다. 그 위로 조용히 진눈깨비가 앉는다. 곧 그들이 죽은 걸 확인한 관군이 장소를 옮겨 갔다. 관군이 떠나고 난 후 너는 전우의 참호 속에서 기어 나왔다. 사방을 훑어보았다. 아직 여기저기서 총소리가 요란하다. 멀리서 흰옷들이 퍽퍽 쓰러지는 게 보였다. 너는 부지런히 눈길을 돌려 형을 찾았다.

"형, 형!"

어디선가 형이 달려오고 있었다. 한 번씩 미끄러졌다 일어서는데 진흙투성이 발걸음이 더 무거워진다. 총소리는 계속 들린다. 이제 대포 소리까지 들린다. 땅이 울리고 멀리서 언덕 흙이 붕 튀어 산산이 흩어지는 게 보인다.

"저놈들이 이제 대포까지 가동시키네."

너는 칼을 단단히 붙들고 휘두를 준비를 한다. 옆에서 부르는 소리가 들린다. 김 장군 목소리다.

"춘석이, 너희들은 어서 여기를 탈출하라."

"안 됩니다. 저희는 죽어도 살아도 장군님과 함께하겠습니다."

드디어 장군과 형의 모습이 보였다. 장군이 소리쳤다.

"여기는 더 이상 희망이 없다. 너희들이 이곳을 빠져나가는 게 오로지 희망이다."

너는 악을 썼다.

"장군님, 절대 안 됩니다!"

다시 총소리가 가까워졌다. 장군이 소리쳤다.

"너희들이 여길 떠나지 않으면 내가 너희를 처단하겠다."

"장군님, 도망가면 우리는 패배자가 되는 거잖아요?"

"아니다. 우리는 결코 패배자가 아니다. 불의에 항거하는 우리의 저항 정신이 꺼지지 않는 영원한 불씨로 남을 것이다."

"예, 저희가 그 불씨를 간직하는 자 되겠습니다."

"그 불씨는 어느 때라도 다시 타오를 수 있음을 기억해라. 어서 가라!"

너는 형의 손을 잡아끌고 그곳을 떠나기 시작했다. 김 장군이 말했다.

"무조건 서쪽 해안을 타고 계속 남하해라. 섬 같은 안전한 곳으로 가라."

너는 칼을 흔들며 내려갔다. 김 장군은 벌써 적군을 유인하기 위해 반대쪽으로 튀고 있었다. 뒤에서는 총소리가 콩 볶듯이 들려왔다.

"형 조심해. 땅이 녹아 미끄러워."

그러나 너희는 땅을 내려다볼 여유도 조심할 여유도 없다. 후들거리는 다리로 미친 듯이 미끄럼을 타며 언덕을 내려갔다. 형이 앞에 가고 너는 형을 보호하며 뒤에 섰다. 그때 앞쪽에서 부스럭거리는 소리에 눈을 들었다. 덤불 사이로 내민 총구가 형을 향한 순간 너는 번개처럼 몸을 날렸다.

"타탕!"

총소리와 함께 형의 몸이 '퍽.' 소리를 내며 쓰러졌다. 그 순간 너는 치켜올린 칼을 총구가 있던 덤불을 향해 내리쳤다. '악.' 소리를 지르며 꼬꾸라진 건 일본군이었다. 그를 젖혀 두고 너는 형에게 다가갔다. 형의 가슴에서 벌건 피가 꿈틀꿈틀 흘러나왔다. 너는 눈을 감고 두 손으로 형의 가슴을 눌렀다. 형의 눈이 멍하니 허공을 향했다.

"형, 형, 안 돼요."

네가 울부짖었다.

"순이에게 꼭 전해 줘. 나는 승리했노라고."

"형, 형!"

하얀 눈 위에 형을 뉘었다. 하얀 눈밭에 누운 시신 둘레로 붉은 꽃이 몽글몽글 피어나고 있었다. 뒤에서는 계속 총성이 울렸다. 산을 떠메 갈 것처럼 대포 소리도 '펑 펑.' 터졌다.

15.
생사의 갈림길

우금치에서 벗어난 그때부터 너는 내리 달렸다. 서해안 바닷가를 끼고 남으로 계속해 걷다 뛰다 했다. 우금치에서 멀어져야 살아날 것만 같았다. 그러면 더 이상 일본군이 추격하지 않을 것 같아서다.

굶기를 밥 먹듯이 하다가 어쩌다 민가를 만나면 보리밥을 한 사발씩 얻어먹었다. 영광에서는 그나마 짠 굴비 한 쪽을 얻어먹으니 불끈 힘이 솟기도 했다.

어촌 노부는 도망도 먹어 가며 해야 한다며 숭늉까지 끓여 줬다. 다 살자고 하는 짓이라면서 주먹밥도 넣어 줬다. 가난한 사람끼리 나누어 먹어야 한다면서. 그분은 동학 나간 아들을 기다리는 낙으로 산다면서 너의 등을 자꾸 쓰다듬었다.

"동학 나간 우리 아들 등도 이만치나 넓적했는데."

너는 그분의 아들이 빨리 오면 좋겠다며 인사하고 집을 나왔다. 그러나 노모는 동구 밖까지 너를 따라 나왔다. 글썽한 눈물 바람으로.

그렇게 살아난 너는 해남 우수영까지 왔다. 주위를 둘러보니 너 같은 패잔병들이 군데군데 모여 앉아 있다. 그곳 선착장으로 나룻배들이 줄을 지어 들어오자, 장정들이 슬금슬금 선착장으로 다가갔다. 맑은 햇살 아래 물살 따라 흔들리는 나룻배들이 구원병들처럼 보였다.

'휴, 장군님 말씀처럼 배를 타자. 그래야 산다.'

나룻배는 희망이다. 하나둘 배로 다가가자 동학군인 듯싶은 자들이 너도나도 배로 달려들었다. 얼마나 숫자가 많은지 나룻배 여덟 척이 삽시간에 차고 넘쳤다. 끝까지 힘에 밀려 못 탄 나이 든 동학 농민군들은 발을 굴렀다.

'내가 내리고 저들을 태워야겠다.'

네가 엉덩이를 드는 순간 배가 떠나기 시작했다.

"진도로 출발합니다!"

사공 목소리가 힘찼다. 너는 계속 뒤를 돌아보았다. 뒤에 서 있는 사람들이 안쓰러웠다. 그때 어디선가 나룻배 한 척이 나타나 그들을 태웠다. 너는 그때서야 마음이 놓였다. 그러나 그들이 탄 배는 너희를 따라오지 않고 남으로 내려갔다. 누군가가 소리쳤다.

"저 배는 제주도로 가는 배다!"

그 배에 탄 사람들이 손을 흔들었다. 앗, 천수가 보였다. 반가움에

동학 소년과 녹두꽃

소리쳐 불렀지만 너를 못 본 채 천수는 멀어져 갔다. 진도와 제주도로 간 패잔병의 운명은 이렇게 엇갈리고 말았다.

'착한 관졸 천수. 천수는 제주도에서 천수를 누리며 잘살았으면 좋겠다.'

"나도 저 배에 탈걸."

익숙한 목소리다. 돌아보니 돌배 형이다.

"돌배 형!"

사람들 속에 섞여 못 들었는지 그는 다른 곳만 바라보았다. 너는 사람들을 뚫고 겨우 돌배에게 다가갔다.

"돌배 형. 살아 있었네."

"춘석, 여기서 만나는구나. 나는 우금치에서 전 장군에게 연락하러 갔다가 거기에 남았었지. 장군이 항복을 선언하자 다른 농민군들과 우여곡절 끝에 지옥 같은 곳을 빠져나왔어."

"장군님들은 어떻게 되셨을까요?"

"보나마나 다 생포되겠지 뭐. 너무 걱정 마. 산 사람이나 살고 봐야지, 안 그런가?"

너는 막막한 가슴을 달래며 먼 데를 보았다. 바다는 잿빛이었고 어둑해지기 시작한 하늘은 한껏 진눈깨비를 날렸다. 진도의 겨울은 잔인해 가뜩이나 힘든 패잔병의 마음을 더욱 어둡게 했다. 허기진 배에 내려치는 눈발에 몸통조차 가눌 수 없어 너는 뒤뚱거렸다. 죽은 듯 눈을 감고 있을 때 진도에 도착했다는 소리가 들렸다.

'이제 살았다!'

너희는 눈발 속으로 아니 희망 속으로 발을 내디뎠다. 일본군의 때가 묻지 않은 진도로 말이다. 그곳 바람은 무섭도록 차가웠으나 살았다는 안도감에 너희는 추운 줄도 몰랐다. 함께하는 수많은 동지들이 있기에 두렵지 않았다. 너희는 자유의 바람을 마시며 진도로 당당히 입성했다.

조금 후 우렁찬 뱃고동 소리가 선착장을 울렸다. 돌아보니 큰 배가 입항해 들어오고 있었다. 앗, 정복을 입은 채 총을 든 일본군과 관군이 까맣게 떼를 지어 내렸다. 안도감도 잠시 너희들은 허겁지겁 달아나기 시작했다. 뿔뿔이 흩어지면서도 서로를 격려하는 걸 잊지 않았다.

그 순간 김 장군이 언젠가 진도 울돌목 이야기를 해 준 게 생각났다. 울돌목의 빠른 물살을 이용해 적을 이긴 명량 해전의 위대한 이순신 장군! 너는 달리며 목이 터져라 소리쳤다.

"벽파진에서 충무공이 우리를 지켜 주신다!"

"그려, 여기까지 살았는데 우린 죽지 않는다!"

"뒤를 보면 안 돼! 앞만 보고 달려라!"

총으로 무장한 군인들은 삽시간에 추격해 왔다. 여기저기서 총성이 들리기 시작했다. 바짝 뒤에서 고함 소리가 가까워졌다. 일본 말 조선 말이 뒤죽박죽되어 들렸다.

"여기서부터 횡대로 흩어져 이 잡듯이 뒤져라. 놈들이 멀리 가지 못

동학 소년과 녹두꽃

했을 거다."

"진도로 숨구멍 터 주기를 잘했지 않스므니까?"

"호랑이도 도망갈 구멍을 터놓고 몰아야 하는 법이므니다."

"흐흐. 이 섬으로 구멍을 터 주었으니 동학군 몰살은 이제 시간문제이므니다."

총소리가 커지고 옆에서 달리던 동학군들이 쓰러졌다. 너는 계속 달렸다. 앞만 보고 뛰었다. 달리던 동지들은 앞에서 옆에서 계속 쓰러져 갔다. 앞에서 쓰러지면 눈을 감고 그들을 건넜다. 옆에서 쓰러지면 귀를 막고 앞만 보고 달렸다.

갑자기 고막을 찢는 듯 총소리가 들렸다. 그러자 바로 옆의 동료가 네 발 위로 쓰러졌다. 너는 멈춰 서고 말았다. 뻔히 뜬 그의 눈이 너를 올려다보고 있었다. 그를 내려다본 순간 네 어깨에 멘 칼이 철렁 앞으로 내려왔다. 뒤에서 군화 발소리가 가까워졌다. 너는 엎드리는 척 칼을 쥐었다.

"에잇!"

일본군이 다가온 순간 칼을 뽑아 휘둘렀다. 칼은 놈의 하체를 그었다. 군홧발이 꼬꾸라지며 총구가 허공을 향해 불을 품었다. 총성이 가라앉자마자 너는 총을 든 일본군들에게 허리를 굽힌 채로 포위되었다.

번쩍이는 검정 가죽 군화들이 낡아 빠진 네 짚신을 우르르 둘러쌌다. 짚신은 이미 다 해어져 발바닥이 드러났다. 그때서야 발이 혹독하게 시리더니 눈물이 쿡 솟았다.

"이놈의 가난. 나는 왜 평생 짚신만 신어야 할까?"

놈들은 너를 일으켜 세웠다. 예상치 못한 동료의 죽음에 잔뜩 긴장한 표정이다. 끌려가면서 짚신 한 짝이 벗겨져 나갔지만 너는 칼은 놓지 않았다. 멀리서 간간이 들리던 총성도 거의 들리지 않았다. 놈들은 너를 언덕 쪽으로 끌고 갔다.

"이제 그 칼을 이리 내어라."

관군이 다가와 손을 내밀었다. 물론 한쪽 손에는 총을 겨누고 있다. 너는 주위를 둘러보았다. 진도항 멀리 하얀 파도만 출렁거렸다.

"칼을 내어놓으라 했겠다."

호령 소리가 더 커졌다. 총구가 네 목으로 다가오자 너는 침을 꿀꺽 삼켰다. 관군 뒤로는 일본군이 총을 겨눈 채 겹겹으로 둘러싸고 있다. 더 이상 도망갈 구멍은 없다. 여기는 막다른 섬 진도다. 너는 슬며시 칼을 들어 내어놓았다. 일본군 대장이 그것을 받아 진도 주둔 사령관에게 내밀었다.

"사령관, 우리에겐 조선 칼은 필요 없소. 당신이 이 칼을 가져가시오. 여기는 당신 관할이니까."

그 순간 뒤에서 지키던 일본군이 잽싸게 네 손목을 결박했다. 그 옆으로 손이 묶인 동학군 몇 명이 끌려왔다. 너희들 네 명은 언덕 쪽에 있는 나무 밑에 두릅처럼 묶여졌다. 네가 외쳤다.

"죽이려거든 어서 죽여라!"

"흐흐. 당신들은 지긋지긋한 동학당의 수괴들 아니므니까. 대접을 잘해 주라는 대장님의 명령이 있스므니다."

일본군이 징그럽게 웃으며 대답했다.

"흐흐. 일본 대장니므께서 저녁밥도 잘 대접하라고 했스므니다!"

너희 중 누군가가 투덜거렸다.

"미친놈들, 누가 밥 달라고 했어?"

"내가 그 밥을 먹으면 손에 장을 지진다."

꽁꽁 언 땅바닥 사이로 매서운 골바람이 일어 온몸을 돌덩이로 만든다. 엉덩이부터 쩍쩍 얼어들어 가는 동지섣달 추위에 너는 온몸을 부르르 떤다. 차라리 당장 죽여 주면 좋겠다. 희망도 없는 삶 하루 더 연장시켜 뭘 하겠다는 것인지.

멀리 희끗한 잔설 밑으로 누런 풀이 보인다. 갑자기 우금치 눈밭에 누웠던 형의 모습이 떠오른다. 형을 둘러싼 하얀 눈가로 송이송이 빨간 꽃이 피었었지. 형이 보고 싶고, 홍도 보고 싶다. 간절히 원하면 꿈속에서라도 보인다는데 꿈이나 꾸어 보자. 너는 가만히 눈을 감는다. 누군가가 소리친다.

"차라리 우금치에서 뒈졌으면 좋았을걸. 이게 웬 개고생인지 몰라."

"섬으로 도망가면 살 거라 해서. 차라리 제주도 가는 배를 탈걸."

너는 혼잣말을 한다.

'이래 죽으니 저래 죽으나 마찬가지다. 이미 죽기를 각오한 몸. 평안하기만을 빌어야지.'

그렇게 묶인 채로 너희는 돌산에서 밤을 지냈다. 눈은 멈췄으나 내렸던 눈이 얼어 온몸이 얼어붙었다. 그래도 죽지 않고 살아 있는 게 희한했다. 새벽 추위는 밤보다 더 지독했다.

저녁에 일본군이 던져 준 밥이 돌덩이가 되어 뒹굴었다. 한 덩이씩 놓아둔 게 손이 묶였으니 먹을 수 없어 발로 잡아당겼다. 그러는 사이 그것은 흙에 뒹굴고 흩어져 얼어 버렸다.

그렇게 진도의 아침은 다가왔다. 햇살이 눈부시고 바다는 잔잔하다. 그때 발자국 소리가 저벅거리더니 군대가 몰려왔다. 너희는 끌려가 그들 앞에 꿇어앉혀졌다. 너희를 둘러싼 군인들 숫자가 어마어마했다.

그중 정복을 입은 일본군 대장과 관군 토벌 대장이 앞으로 나왔다. 일본군 대장은 총을, 관군 토벌 대장은 칼을 들고 있다. 칼을 본 너는 동요했다. 온 몸속의 피가 거꾸로 솟는 듯 그 속에 홍의 얼굴이 떠 있다. 일본군 대장이 말했다.

"나라 말씀을 거역하고 봉기를 한 조선 동학 농민군의 말로는 어제 본 바와 같스므니다. 오늘 마지막으로 여기 네 명 중에 섞여 있는 동학군 수괴 처형 날이므니다. 우리 부대는 동학을 총괄하시는 일본에 계시는 부대장님에게 어제 처단한 숫자와 오늘 처형 상황을 보고할 것이므니다. 이의 없으시므니까?"

그는 물러서서 주위를 돌아본다. 주위는 죽은 듯 고요하다. 너는 살인자들을 올려다보고 너 자신을 돌아본다.

'죽음을 앞두고 어떻게 이렇게 평안하고 처연해질 수 있는지 몰라.'

　　　　　　　　　　　　　　　　　동학 소년과 녹두꽃

이미 죽음을 각오하고 산 몸, 수천 번 이미 굴욕으로 죽었던 몸이다. 단지 억울한 것은 홍을 다시 볼 수 없다는 점이다. 일본군 대장이 일본군 총잡이를 앞으로 세웠다.

"자, 사격수 넷 앞으로 서라."

사격수가 앞으로 나와 네 명의 동학군 앞에 서며 일제히 총을 들었다.

"사격 준비!"

일본군의 호령에 섬이 쥐 죽은 듯 조용해졌다. 원래의 진도처럼.

16.
네 나이 열여섯

바로 4구의 총구가 올라가는 순간 누군가가 총구 앞을 막아섰다. 진도 주둔 사령관이었다. 그가 일본군 대장을 향했다.

"잠깐. 저들을 죽이기 전에 대장에게 한 가지 부탁이 있소."

"사령관, 말해 보시오."

진도 주둔 사령관이 옆구리의 칼을 올렸다. 그의 검은 도포 자락이 펄럭거렸다.

"이건 유명한 조선 칼이오. 동학군 대장은 이 조선 칼에 죽게 하는 게 좋을 것 같소이다. 일본 총을 한 발이라도 아끼는 게 어떻겠소?"

주위에서 '우우.' 동요가 일었다. 특히 포승줄에 묶인 동학 농민군들의 나지막한 함성이 터져 나왔다. 아니면 절망의 울부짖음인지도 모

동학 소년과 녹두꽃

른다.

"그럼 앞으로 나와 사령관이 주관해 주시겠스므니까?"

그 순간 관군 토벌 대장이 저벅거리며 나섰다.

"꼭 칼을 쓸 이유라도 있답니까? 일본에 계신 총대장에게 동학 보고를 드려야 하니 성능이 탁월한 일본 총으로 시연을 해 보는 게 더 좋을 듯합니다."

그의 까만 구두가 아침 햇빛을 받아 유난히 반짝인다. 너는 순간 네 맨발을 내려다본다. 조선 천지를 기쁨으로 달렸던 네 몸뚱어리의 일부다. 꼼지락거리는 발가락을 보니 편안한 마음이 밀려온다.

그때다. 누군가가 지르는 소리에 너는 퍼뜩 고개를 들었다. 턱수염이 더부룩한 동학군이 무릎을 끌며 관군 토벌 대장에게 다가갔다.

"잠깐만요, 토벌 대장 나리!"

관군 토벌 대장이 힐끗 뒤를 돌아보았다.

"토벌 대장 나리. 이제 저를 풀어 주셔야죠."

모두가 그들에게 눈이 쏠렸다. 관군 토벌 대장은 아연실색을 하며 뒷걸음질 쳤다.

"아, 아니 너는……."

"예, 돌배입죠. 우금치에서 김 장군의 전투 개시를 토벌 대장님께 직통으로 알려 드렸죠. 전 장군에게 가지 않고요. 아, 또 통신소 건도 그랬고요."

너는 머리가 띵해 쓰러질 것만 같다. 분노로 온몸이 사시나무 떨리

듯 했다. 그때서야 하린이 죽었던 통신소 사건이 선명하게 떠올랐다.

'그럴 수가, 돌배가 배신자라니. 통신선 때도 어쩐지 이상하다 했었다.'

돌배가 통신선 작전 이틀 전에 관군 토벌 대장에게 알려 주러 드나든 거였다. 돌배야말로 별동대원을 여섯 명이나 죽이고 죄 없는 하린까지 죽인 원수다. 돌배는 계속했다.

"토벌 대장님, 한 가지 더요. 제가 덩치 큰 동학당 수괴가 진도로 튈 거라고 알려 드렸잖아요, 흐흐."

그 순간 너는 이마의 힘줄이 터질 듯 열이 솟았다. 돌배를 차마 바라볼 수조차 없었다. 가만히 눈을 감고 중얼거렸다.

'불쌍한 아기 아버지 돌배 형!'

그때 일본군 대장이 앞으로 나왔다.

"관군 토벌 대장, 시간이 없소. 어서 마무리 짓고 돌아갑시다. 육지에서 곧 회의가 있스므니다."

칼을 가진 진주 주둔 사령관이 돌배를 향했다.

"그러고 보니 네가 영산포구에서 물에 빠졌을 때 내가 너를 살려 주지 않았더냐. 이제 이 칼을 알겠느냐?"

돌배가 힐끗 칼을 훔쳐보았다.

"글쎄요, 저는 잘 모르겠는데요."

"그래? 내가 이번에 영산포구에서 진도 주둔 사령관으로 오게 되었다. 오자마자 도둑맞았던 이 칼을 여기서 다시 만나니 이 어찌 하늘의 뜻이 아니겠는가. 돌배, 너는 아주 나쁜 놈이다."

관군 토벌 대장도 나섰다.

"어제 우금치에서 전 장군이 동학군의 무조건 항복을 선언했다. 그러니 너 같은 첩자도 우리 관군에게 더 이상 쓸모가 없게 되었다. 더구나 도둑질이나 하고 다니는 사기꾼이 동학군에 섞여 있다니! 참으로 동학인의 질을 알 만하구나."

돌배가 애원하며 눈물 바람으로 매달리기 시작했다.

"대장님, 저는 갓 낳은 아들이 있는 몸입니다. 그놈만을 위해 지금까지 억척스레 살아온 몸입니다. 그 자식을 봐서라도 제발 목숨만 살려 주세요."

일본군 대장이 진도 주둔 사령관을 향했다.

"그거 제법 귀한 칼인 듯싶으니다. 서로 훔치고 뺏고 하는 것을 보니요. 어디 그렇게 위대하다는 조선 칼의 성능을 한번 보여 주겠스므니까?"

칼을 든 사령관이 뭔가 생각하는 듯 천천히 제자리를 맴돌았다. 그때 일본군 대장이 나와 그의 귀에 대고 뭔가를 속삭였다. 사령관이 고개를 끄덕였다.

"너희 둘 이리 나와라."

너는 가만히 눈을 내려 감는다. 너와 돌배의 포승줄이 풀리고 사령관이 먼저 너에게 칼을 내밀며 말했다.

"너, 동학군 대장이지? 네가 먼저 저자의 목을 쳐라!"

너는 머뭇거렸다.

"마지막 할 말이 있느냐?"

너는 그 순간 무릎을 꿇고 사령관을 향했다.

"사령관님, 제발 제가 먼저 죽게 해 주십시오."

만물이 숨을 죽였다. 멀리서 파도 소리만 가끔씩 철썩거린다. 네가 다시 입을 열었다.

"저는 깨끗한 조선 칼 '궁'에게 먼저 죽고 싶습니다. 배신자의 더러운 피가 묻은 칼로 제 목을 치게 하고 싶지 않습니다. 그러니 제발 저를 먼저 죽게 해 주셔요."

"너는 이 칼을 잘 아는 자렷다?"

"저는 춘향 대장간에서 칼 주인인 홍과 함께 '궁'의 탄생을 지켜본 사람입니다."

"아, 대장간 소녀와 그 소년!"

사령관은 신음한다. 어사 친구가 남원에서 가져온 칼을 받으며 칼 '궁'의 설화 같은 이야기를 들었다. 전쟁이 끝나면 춘향 대장간의 소년과 소녀를 꼭 찾아가리라 여겼었다.

"죽여 주십시오."

너는 고개를 숙인 채 마지막을 기다렸다. 그 순간 열여섯 살의 일생이 바람처럼 스쳐 갔다. 백정 아버지를 여의었고 동학을 했다. 홍을 만났고 죽도록 사랑했다. 그리고 전우 하린과 형을 잃었다. 그때 형의 목소리가 들리는 듯했다.

'춘석이, 우리는 죽었으나 죽지 않았다. 불의에 항거하는 정신이 우리 후손들에게 살아 있을 것이므로. 그들은 불의에 언제라도 들고 일어날 것이다. 우리가 일어났던 것처럼.'

드디어 칼이 네 목을 관통하는 순간 너는 고개를 들었다. 바다 수평선의 황금빛 햇살 속에서 너는 홍을 보았다. 그녀의 볼에서 눈물방울이 보석처럼 반짝였다. 돌배의 눈빛 속에서는 너만 아는 참회의 빛을 읽었다. 너는 빙그레 웃으며 승리의 만세를 불렀다. 서서히 네 몸통이 두상과 분리되며 너는 죽었다.

일본군 대장이 외쳤다.

"동학당 수괴의 목을 효수(죄인의 목을 베어 높은 곳에 매달던 일)하라!"

명량 대첩 격전지를 자랑스레 내려다보고 서 있는 네 앞에 딱지가 붙었다.

'동학 농민 조선 수괴의 수급.'

그때 네 나이 열여섯이었다.

너의 빛

　네가 일본에서 한국으로 귀환하던 날은 역사적인 날이었다. 그곳
은 온통 축제의 분위기였다. 백여 년 이상을 어둠 속에서 소멸하지 않
고 산 것은 아마 이런 환희로운 순간을 위해서였는지도 모른다. 처음
보고 듣는 화려한 율동과 음악에 너는 기분이 붕 뜬 채 며칠을 지냈다.
너를 방문하는 사람들의 탄복 소리와 혀 차는 소리를 들으면 하루해가
짧았다.

　그러다 점점 사람들의 방문이 뜸해지면서 너는 사람들 뇌리에서 잊
혀 갔다. 수장고의 한쪽 귀퉁이로 밀려나며 너는 또다시 외로움에 진
저리를 쳤다.

　어느 날 풍악 소리와 함께 칼을 모셔 오는 예식이 있었다. 훌륭한 칼
이 네가 있는 전시실로 온다는 소식이었다. 하얀 장갑의 손이 모셔 온
그 칼은 전시실 한가운데 놓였다. 그러면서 너의 위치도 칼과 가까운
곳으로 옮겨졌다. 칼을 모셔 온 사람들은 몇 번이나 앞뒤로 둘러보며
감탄사를 연발했다.

　"백 년 만에 대중 앞에 전시되는 명검이라면서요?"

　"오랜 세월 동안 잘 보존된 칼의 검기가 대단해요. 칼 주인이 여자였
답니다. 전투 후 여주인에게 칼이 돌아갔었대요. 그런데 여자가 멀리
떠나며 칼을 장수에게 다시 주었다는군요. 장수가 죽으며 칼을 나라에
기증하여 대대손손 조선의 국보가 된 거지요."

"그럼, 그 칼은 패배한 조선의 역사를 샅샅이 보았겠네요."

"아니지요. 패배했지만 우리 후손은 그 전투에서 최초로 부패에 항거하는 정신을 배웠기에 그건 결코 패배가 아니지요."

"이 옆에 있는 해골, 동농조수 수급을 칼 옆으로 전시해야겠어요."

너는 귀가 번쩍 띄었다. 그들이 네 이야기를 하는 게 틀림없었다. 그들은 네가 살아 있는 줄 모르는 거다. 저승 문턱에서 네가 입장을 거절당한 걸 인간들에게 어떻게 알려 줄 수 있을까.

사람들이 집으로 돌아가며 전시실의 마지막 불이 꺼졌다. 유리창으로 스며드는 저 달빛이 얼마나 강렬한지를 인간들은 모른다. 너는 유리 상자 속에 누운 채 머리 위쪽에 위치한 칼을 바라본다. 그 유리 덮개 위로 칼 손잡이에 새겨진 글자가 선명히 비친다.

"남원도 '궁'."

너는 글자를 읽어 가다 몸을 떨며 눈을 감는다. 진도에서 마지막으로 일본군에게 칼을 휘두를 때의 기억이 생생하게 살아난다. 그때를 재현하듯 팔을 들다 깜짝 놀란다. 더 이상 팔도 다리도 몸통도 없는 너는 해골이다. 네가 여태 죽지 않은 게 확실하다. 뭔가 소리가 들려오지 않는가.

「춘석 형님?」

'궁'이 너를 부르는 듯하다. 너는 젖 먹던 힘까지 다하여 귀를 기울인다.

「형님?」

"응, 듣고 있어."

너는 가슴이 벅차오른다. 너희는 백 년 전으로 돌아간다.

「형님이 처형되는 날 홍 누님이 진도까지 온 거 알고 있지요?」

가슴이 뭉클해져 삭신이 다 해어지듯 아리다.

"너무 보고 싶어 환상이 보인 거라 생각했어. 그런데 그랬었구나."

그때 바다 쪽에서 너를 응시하던 그 눈빛. 사랑하는 사람의 간절한
눈빛을 너는 놓치지 않았다. 반짝이던 눈물방울까지 지금도 생생하다.
그때 들리던 노랫가락이 또 귓전에 맴돈다.

아랫녘 새는 아래로 가고

윗녘 새는 위로 가고

우리 논에 앉지 마라

우리 밭에 앉지 마라
우리 아버지 우리 어머니
손톱 발톱 다 닳는다
새야 새야 파랑새야
우리 밭에 앉지 마라.

평생 너를 따라다니던 이 가락을 이제야 알겠다. 진도에서 죽어 갈
때 동학군 남편들을 위해 통곡하며 부르던 여인들의 애절한 가락이었
음을. 겨우 노래 조각이 맞추어진다. 아랫녘은 일본군 윗녘은 청군이
들끓던 그 시절, 조선 여인들은 목이 터져라 너희 동학군을 응원했다.
그때 '궁'이 너를 다시 불렀다.

「그런데 형님.」

"응."

「홍 누님이 아들을 낳았어요.」

너는 순간 할 말을 잃었다. 그건 최대의 탄복이고 경악이었다. 대숲
에서의 격정이 썰물처럼 너를 휘감았다.

"아!"

「그리고 미루를 데리고 북쪽 멀리 황해도로 떠났어요.」

너는 가슴이 멍해졌다. 홍이가 지금 막 네 곁을 떠난 듯 허했다. 그
러나 그렇게 슬픔과 외로움이 엄습한 순간 한 줄기 희망을 보았다.

"내 아들 미루! 미루가 나를 이어 줄 밝은 빛이 되어 줄 거다."

너는 이제 더 이상 외롭지 않다. 희망 미루가 있기에 이제 그만 눈을

동학 소년과 녹두꽃

감을 수 있을 것이다. 제발 너를 놓아 달라고 크게 소리치고 싶다. 그러나 소리가 되어 나오지 않는다. 너는 조용히 눈을 감는다.

　이제야 네가 몸통이 없는 이유를 알았으니 저승사자에게 사정을 해 봐야겠다. 아니 보름날 달빛이 환할 때 달을 붙잡고 애원해 봐야지. 저승길을 훤히 비춰 달라고 말이다. 홍과 미루가 그 길로 마중 나온다면 얼마나 좋을까.

　'그러니 제발 나를 보내다오. 이젠 편히 쉬고 싶다.'

동학 소년과 녹두꽃